文芸社セレクション

空海

—吾（われ）、永遠（とわ）に高野（こうや）の山に帰る—

久住 泰正

KUSUMI Yasumasa

文芸社

目次

主な登場人物

空海(くうかい)……幼名　佐伯真魚(さえきまお)、遣唐使として唐に渡る、真言宗開祖、平安の三筆の一人
佐伯直田公(さえきあたいたぎみ)……空海の父、讃岐国多度郡の郡司
　玉依姫(たまよりひめ)……母、阿刀大足の妹
　鈴伎麻呂(すずきまろ)……空海の兄
　酒麻呂(さかまろ)……空海の兄
佐伯直道長(さえきあたいみちなが)……田公の父
阿刀宿禰依木(あとうすくねよりき)……玉依姫の父
　大足(おおたり)……玉依姫の兄、空海の伯父、伊予(いよ)親王の待講(じこう)
景雲(けいうん)……唐の僧、佐伯家の氏寺の僧（架空の人物）
藤原魚麻呂(ふじわらのうおまろ)……多度郡の国司（架空の人物）
藤原明人(ふじわらのあきひと)……国博士
坂上須麻呂(さかがみすまろ)……空海と国学同級生、異性への関心を抱かせる（架空の人物）
藤原安孫(ふじわらのあそん)……大学寮の同期（架空の人物）

阿保朝臣人上……大学寮の頭
岡田臣牛養……大学寮の教授
菅原朝臣清公……文章得度生、菅原道真に継ぐ親子三代の秀才
勤操……大安寺の僧、空海の相談相手
戒明……大安寺の僧、空海に「虚空蔵求聞持法」を伝授
道沅……密教という宗教を空海に教える（架空の人物）
圓如……大安寺の天竺の僧（架空の人物）
堪久……東大寺十代別当
源海……東大寺十一代別当
永念……東大寺十七代別当
藤原葛野麻呂……第十八次遣唐使船大使
　橘　逸勢……官吏、遣唐留学生、平安の三筆の一人
永忠……留学僧、大僧都
恵果……唐の密教の指導者、空海に密教を伝授
永文……唐の僧、恵果より法灯を授かる（架空の人物）
高階遠成……第十九次遣唐使船判官、唐から空海を帰国させた

最澄……天台宗開祖、空海と一緒に唐に渡る、還学僧
平城上皇……五十一代天皇、嵯峨天皇の兄、薬子の変で失脚
嵯峨天皇……五十二代天皇、空海に高野山を下賜、平安の三筆の一人
淳和天皇……五十三代天皇、嵯峨天皇の異母兄弟
順暁……唐の龍興寺の住職、最澄に密教を伝授
実慧……大安寺の僧、空海の十大弟子の一人、東寺を空海から継ぐ
泰範……天台宗の座主、最澄の後継者、のちに空海の弟子となる
丹生正清……丹生一族の長老（架空の人物）
清原夏野……讃岐国多度群の国司、藏人頭（天皇の世話役）
晋作……室戸崎の漁師（架空の人物）
義真……延暦寺初代座主
真如……十大弟子の一人、平城天皇の第三皇子、高丘親王
守敏……大安寺の勤操に三論を学ぶ、西寺を嵯峨天皇より下賜
真済……十大弟子の一人、性霊集を編纂

空海

——吾、永遠に高野の山に帰る——

第一章　真魚の誕生

一

松林の街道を佐伯直田公は、急ぎ足で歩いていた。この道は、幾度となく往復して慣れた道だが、今日だけは、何故か心がさわがしく感じている。夫婦になって十二年、初めて子が生まれた時も心が躍ったが、その時と違う何かを田公は感じていた。佐伯直田公は、苗字が佐伯で、田公が名である。直は階級を意味していた。奈良時代は、朝廷から有力な氏族に与えられた姓（称号）の一つである。その階級も位の高い順に、臣、連、宿禰、直、首とある。田公の実家は讃岐国多度郡屏風浦（香川県善通寺町）で、郡司を務めている豪族である。父の道長は、その郡司でいわば地方官である。田公は、週に一度は、讃岐から妻の実家である難波（大坂）まで通っていた。この時代は、妻問婚といって、結婚したら男は妻の所に通うのが一般的であった。子供も妻の実家で育てられた。この妻問婚は普通十年間続く。その後、夫の実家に行くのである。

妻の名は、玉依姫という。阿刀宿禰玉依姫である。宿禰は、直より格が上である。阿刀家は、代々学者を輩出する家柄で、玉依姫の兄の大足は、後に桓武天皇の第三皇子である伊予皇子の侍講を務めている。侍講とは、学問を講義する人、またはその官職のことである。

玉依姫と田公の馴れ初めは、堺の港での偶然の出会いであった。田公が一目ぼれして阿刀家に押しかけ、玉依姫に結婚を申し込んだ。

当時の結婚は、女性の家に男性が押しかけて、中に入れてもらえれば成立した。逆に戸口で追い返されれば不成立である。

田公はそうした強引な性格でもあった。あれから十二年の歳月が経った。

そろそろ、田公の実家である讃岐に戻らなければならなかった。田公の父道長も五十歳を過ぎた。郡司の仕事は世襲制である。長男の田公が継ぐことになっていた。

堺の港から一時間歩いて妻の待つ家にたどり着いた。

「旦那さまがお着きになりました」

その声に玉依姫は、急いで玄関口へと向かった。

「旦那さま、お疲れさまでございまする」

玉依姫は、玄関の板の間で出迎えた。

「赤子は息災か」

「はい。元気に育っておりまする」

「そうか。それは良い知らせじゃ」

そう言いながら、居間へと急いだ。

居間には、生まれてまだ間もない赤子が寝ていた。

「この子か？　ふっくらしたお顔じゃのう」

「はい。三番目のお子にございます。お腹の中に十二か月もおりましたゆえ、随分と大きなお子にございます」

「そうよの、長い間お腹にいたものだ。はらはらしたが元気なお子で何よりじゃ」

田公は赤子の顔を見て安堵した。

「旦那さま、まだ名がついておりませぬ」

「名か、来る途中いろいろと考えてきたのだが……」

田公は、生まれてきた赤子が男の子と聞いていたので、妻の実家に来るときにいろいろ考えていたが、まだこれと言って決まった名が思いつかなかった。

田公には、すでに二人の男の子がいた。長男は鈴伎麻呂（すずきまろ）、次男が酒麻呂（さかまろ）である。当時、男は麻呂という名が流行っていた。また女の子であれば姫や女という字が流行った。

「田公どの！」

名を呼んだのは、玉依姫の父である阿刀宿禰依木（よりき）である。依木は、正五位の位で、階級は貴族である。

奈良時代は、律令制度のもと、支配階級と被支配階級とに身分が明確に分かれていた。その身分も、正一位から正四位までは皇族、正五位上、正五位下など八段階で細かく分類されていた。また、平民も良民と賤民（せんみん）とに分かれ、良民は主に農民、賤民は奴隷である。

「父上！」

田公は、義父が、居間に入ってきたのを見て言った。

「三人の男の子に恵まれて幸せじゃな。とくに生まれたばかりのお子は、眼がはっきりしており、赤子のようではない」

依木は、赤子の前に腰をおろした。

「はい。吾（われ）もそう思うのです。この子が生まれる時に夢をみました」

玉依姫は、父の言葉に同意しながら言った。

「夢とな？　どんな夢じゃ」

田公は、妻の顔を見た。

「はい。陣痛がはじまる一刻前に、高僧が現れて言われました。この子は、余がこの世界に遣わした子である。とおっしゃいました」

「僧侶が夢枕に現れたのか」

田公は、にわかには信じられない気持ちで赤子を見直した。

「この世には、不思議な現象というものがある」

依木は、娘の玉依姫が言ったことは誠の事のように思えた。

「そのような夢の中で高僧が言われたのなら、この子の名を何とお付けになりましょうか」

田公は、義父に話を振った。

「名なら考えておった」

依木は咄嗟に反応した。

「何か良い名前でもありますか」

玉依姫は、言った。

「うむ。名は三通り考えた」

依木は、そう言って筆で書いた三通りの名を広げた。

「旦那様は、どの名が良いと思いますか」

玉依姫は、田公の方に顔を向けた。

「そうじゃのう……」

田公は、しばらくの間、名前の書かれた書を見て、

「これが良いのではないか」

そう言って、三枚の中から真ん中の字を指さした。

「真魚……しんぎょですか？」

玉依姫は、目を丸くして夫を見た。

「いや、これは真魚（まお）と読む」

依木は、自分の書いた名前を読んだ。

「まおという名ですか？」

田公も自分で選んでおいて、人ごとのように言った。

「いま朝廷で名をほしいままにしている天下人だ。四年前に僧侶の道鏡（どうきょう）が称徳（しょうとく）天皇に寵愛（ちょうあい）され、法王にまで上り詰めたが、天皇が崩御されてからは、道鏡の権力に嫌

気をさした藤原魚名（ふじわらのうおな）がそれを排除し、自ら大納言となった。道鏡が天皇になったら大変な世の中になっていたかもしれぬ。それを食い止めたのが魚名で時の人となった。正五位から三位まで上げ、左大臣となったお人じゃ。その人の一字を取った」

依木は、政（まつりごと）に関心があった。

「その藤原魚名という御仁は？」

「名門、藤原北家の子息、今度生まれたお子には、それを超える人となることを願っている。天皇を助ける人間になってほしい。田公どのは、良い名を選ばれた」

「真魚ですか」

玉依姫は、まだ納得していなかった。

「そうじゃ。魚名を凌ぐ真の魚じゃ」

当時は、子が生まれると妻の家の家長か夫が名を付けていた。田公は玉依姫の父が付けた名に同意した。

「そなたの名は真魚ですよ」

玉依姫は、赤子の顔を覗いて声をかけた。

この真魚が、後に空海と名乗るのである。

ちょうど真魚が生まれた七七四年（宝亀五年）奈良後期は、陸奥の国においては、大伴宿禰駿河麻呂に蝦夷征討の勅命が出たのである。朝廷による征討作戦が立てられた。

当時、律令国家を目指していた日本は、東北に住む蝦夷を天皇に服従させることを国家の目標にしていた。奈良時代は、土地はすべて天皇が有するという考えかたで、蝦夷はまだ天皇が有する土地ではなかった。以降三十八年にも及ぶ蝦夷征討が始まるのである。

蝦夷は東北に住む人々を言う言葉だった。蝦夷が蝦夷と呼ばれるようになったのは十一世紀になってからである。

二

阿刀家の実家で過ごしてきた玉依姫は、真魚が生まれて間もなくに田公の実家である讃岐に引っ越してきた。そこは小高い山々が連なる小さな村、讃岐国多度郡屏風浦（香川県善通寺町）である。

長男の鈴伎麻呂は十三歳、次男の酒麻呂は九歳となった。

田公の父の佐伯直道長は、郡司を務めている。

佐伯氏は、もとは蝦夷の出身である。日本最古の正史である「日本書紀」には日本武尊が蝦夷（北関東以北東北に居住した人々の総称）を征伐したさい、その人々を播磨（兵庫県）、阿波（徳島県）、讃岐（香川県）、伊予（愛媛県）、安芸（広島県）の五か国に配置し、佐伯部とした。その総取締りした豪族を、大和朝廷は佐伯直という俗名を与え、国造（郡司）と呼ばれる地方官として、その地方を世襲によって支配するようになった。さらにそれを統率したのが大伴氏である。大伴と物部氏は、共に並ぶ名門貴族でる。佐伯も大伴氏と同祖伝承する氏族となった。佐伯の名はそうした経緯と共に豪族としての地位を固めた。

「田公！」

道長が、息子を呼んだ。

「父上、何かご用でも」

「うむ、吾も近頃、年を感じるようになった。今すぐにとは言わぬが、そろそろ後を継いでもらえぬか」

「郡司をですか？」

「そうじゃ。郡司は世襲のもの。なかなか大変な仕事じゃが、国司にも伝えてある」

「分かりました」

「鈴伎麻呂も、体は弱いが後を継ぐだろうから、いまは国学で勉学に励んでいる」

道長は、あとあと郡司の仕事をこの佐伯家が、途絶えることなく務めることができると信じていた。

長男の鈴伎麻呂は、国学に入学していた。国ごとに地方の官吏を養成する国学という学校があり、主に郡司の子弟が入学していた。入学年齢は十三歳以上、十六歳以下が決まりであった。

国学は、いわば地方の大学であり各地にあった。その他に官吏（官僚）を養成する大学が都に一つある。この大学は、正式には大学寮といった。入学資格は主に五位以上の位階を有する者、すなわち貴族の子弟に限られた特殊なエリート学校である。真魚は、後にこの大学寮に入ることになる。

郡司は、徴税権（ちょうぜいけん）、貢進（こうしん）、班田などを任される権限を有し、郡を統治する地方官でもあった。郡司は主にその地の豪族に与えられた。郡司の上には中央から派遣された国司がいた。国司は、正四位で貴族である。

佐伯の住む多度郡に「国衙（こくが）」という地方政治を遂行した役所が設けられていた。国の出先機関である。ここに国司が住んでいた。いわば郡司を監視する役目であり祭祀、行政、司法、軍事のすべてを司る絶大な権限を有していた。

田公は、父の道長に郡司の仕事について教わり、三年の月日が経った。

真魚は三歳となった。

ある日、酒麻呂が、国学に入るにあたり、母に漢詩を習っていた時に、傍にいた真魚が、その漢詩を読んでしまった。

「えっ!真魚、読めるのですか?」

驚いたのは、母親の玉依姫である。

まだ何も教えていないのに難しい漢字を読めるはずがなかった。

「真魚、まだ三歳なのにこの兄を差しおいてなぜ読めるのだ」

次男の酒麻呂は、狐につままれたような気持ちになった。

真魚は、何も答えずにいた。その顔が酒麻呂には憎く感じた。

「この子に何かとてつもない力が宿っているのではないでしょうか」

母親の玉依姫は、不思議な心の不安を感じながら真魚の顔を見た。

「旦那さま!」

玉依姫は、今日の出来事を話した。

「さようか……」

田公は驚いたというよりはしばらく考えるように黙った。

「のう、真魚には、誰かの魂が宿っているのではないか？」

「誰かの魂とは、いったい誰のですか」

「うむ、誰かは知らぬが、玉依姫が、子が生まれる時に夢に出てきたという高僧かもしれぬ」

「まさか、あれは夢にございます」

「されど夢とて正夢ということもある」

田公はそう信じるほかに、この不思議な出来事を信じることができなかった。

「一度、真魚に確かめてくださいな」

玉依姫は、田公の顔を見て言った。

「うむ、そうしよう」

ある日、真魚が一人で遊んでいる時に田公は、真魚に近づき言った。

「真魚、勉強は好きか？」

「はい。好きにございます」

「誰に習っておる」

「習ってはおりませぬ」

「では、なぜ字が読めるのだ」

「わかりませぬ」

「わからない？　なぜ読めるか分からないと申すか」

田公は、真魚が何と答えるか感情が高ぶった。

「それはお寺で毎日お経を上げております。それを真似て読んでいるだけです」

「お寺とな」

佐伯家には、氏寺（うじでら）があった。当時は、貴族や豪族には氏寺が認められていた。藤原鎌足の子で不比等（ふひと）が建立した興福寺なども氏寺である。

「はい。お寺で仏さまを見るのが好きにございます」

「寺の住職に会っているのか」

「はい。住職の景雲（けいうん）さまに遊んでいただいております」

景雲は、唐から来た僧侶である。七五四年（天平勝宝五年）に鑑真（がんじん）が六度の渡航の末、日本にたどり着いた。そして日本の多くの僧侶に授戒した。授戒とは、僧侶としての免許である。日本では確立していなかった。その時に鑑真と共に渡来したのが景雲である。

「さようか。景雲にか」

田公は、不思議な子だと感じていた。

その考えが確信に変わる出来事があった。

田公と十五歳になった鈴伎麻呂が、儒学について議論していた時であった。

「父上、儒学は国を治めるためには必要な学問ですか」

「確かに必要な学問ではある。儒学とは仁義の道をめざし、上下の位をはっきりさせて、国を治めることを説いた書であるからの」

「それが、今の律令制度ですか」

「そうだ。天皇は国を治めるために律令国家を造ったのだ」

「しかし、吾（われ）には、合点がいかないものがあります」

「合点がいかない？」

田公は、息子に何か不満があるのかと不思議な気持ちになった。

「はい。吾はいま国学で儒学を学んでいますが、儒学の教えは、上下の関係をはっきりさせて国を安定させるもの。天皇と貴族、農民と賤民（せんみん）との上下関係は、人の暮らしを差別するもの。人は平等ではありませぬ」

長男の鈴伎麻呂は、父親の顔を見ながら真剣な顔をして言った。

「確かに上下の関係はある。人の平等とは何か、申してみろ」

「はい。平等とは、上下関係がないことです」

「では、天皇と平民との身分が同じということか」

「……」

鈴伎麻呂は、一瞬答えに窮した。

この議論を聞いていた真魚が、

「上下関係がないということは、身分の違いではないと思います。人の平等とは、人の命の平等だと思います。天皇も平民も同じ人だからです」

「真魚は面白いことを申すのう」

田公は、まだ世間も人の営みも知らない三歳の子が、人とは何かを深く考えているとは思ってみなかっただけに、真魚には仏が宿っているのではないかと真剣に思った。

「吾も悔しいですが、幼い真魚が言う通りだと思います。本当は身分の違いがないのが一番良いのですが。そうすれば生まれた環境に左右されませぬ」

鈴伎麻呂は、郡司の家に生まれて、農民の子との違いを感じていた。

「確かに、鈴伎麻呂の言う通りかもしれぬ。しかし、国を治めるには誰かが上に立たねばならぬ。それは伊邪那岐命（いざなぎのみこと）と伊邪那美命（いざなみのみこと）が日本を創った事から始まる天皇家だ。もっと勉強し世の中の事を知り考え、人々が幸せに暮らせるように努めるが良い」

田公は、子供たちが世の中で人の上に立ち、暮らしていければと願っていた。

三

郡司を務めていた佐伯直田公（さえきあたいたぎみ）は、六年に一度の班田収授（はんでんしゅうじゅ）の見直しをしていた。

「一軒の家は、今年は返さねばならぬな」

田公は一人ごとを呟いた。

この班田収授制度は、七〇一年（大宝元年）の大宝律令制度（たいほうりつりょうせいど）によって制定された。

この律令制度とは、大化の改新六四五年（皇極天皇四年）から七〇一年の大宝律令制度まで続く一連の改革である。この国政改革は、当時、遣唐使が唐の官僚制を手本に改革したものである。

班田収授制度は、戸籍に基づいて国民が朝廷から田を借り受ける制度である。借りている田は、そこの住人が亡くなった場合は朝廷に返さなければならなかった。その割り当ての見直しをしているところであった。

「真魚！」

田公は、七歳になった息子を呼んだ。

「真魚、真魚！」

呼んだが返事がなかった。

「しょうがない奴だ。玉依！」

今度は、女房を呼んだ。

「はい。何事でしょうか」

玉依姫は、田公の所に近寄ってきた。

「真魚は、何処へ行った」

「さあ、存じませぬが、おそらくまた寺の方にでも」

「また、仏像を見に行ったか。しょうがない奴だ。肝心な時にいつもいない」

田公は、少し不機嫌になっていた。

「ただいま戻りました」

そこへ真魚が、帰ってきた。

「真魚、また寺に行っておったか」

「はい」

「いつも寺に行って何をしている」

「はい。仏像を見ております」

「なにゆえ、仏像を見るのか」

「はい。仏の顔は、父上や母上とは違う顔をしております」

「はて、何が違う」

田公は、真魚の心を試すように言った。

「はい。仏像を見ていると大変穏やかな気持ちになります。それに……」

「なんじゃ……」

「仏像になりたく思います」

「仏像になりたいと。どうしてそう思う」

「仏像は、何も言葉を発しませんが、吾には会話ができるのです」

「仏像と会話とな」

「はい。仏像と向かい合っていると、問いかけてくるのです」

「何と言っておるのじゃ」

「はい。しっかり勉強して、この世の中の事をよく見よと」

「仏像がそう申しておるのか」

「はい」

「さようか。真魚は不思議な子よの。お寺に行くなとは言わぬが、家の仕事も手伝ってもらわないと困る」
「はい、父上。何を手伝えばよろしいでしょうか」
「うむ。いまは、六年に一度の班田の見直しをしておる。その提出期限が近い。書類の整理を頼む」
「はい」
真魚は、山と積まれた書類を一つ一つ見ながら仕分けをした。
班田収授法では、田令といって、身分でその割合が決められていた。
例えば、大きく口分田（くぶんでん）、位田（いでん）、職分田（しきぶんでん）、大学寮（だいがくりょう）などである。
その中にさらに細分化されていた。
口分田―民衆へ一律支給された農地
良民男子―二段（一段は三百六十歩）である
良民女子―男子の三分の二
位　田―五位以上の有権者と皇族の位階
正一位―八十町（町＝三千歩）
正五位―十二町

職分田―官職にあたる者への田の支給

　太政大臣―四十町

　郡司―六町

　大学寮

　　大学博士―四町

など、きめ細かく決められていた。

こうした班給された田は、課税対象となっていて、割り当てられた口分の収穫量の三パーセントを租税として朝廷に納める仕組みとなっていた。

　時は、七八一年（天応元年）である。第四十九代光仁（こうにん）天皇は、七十歳を超え、病を理由に十一年間即位した天皇の位を皇太子であった山部親王（やまべしんのう）に譲った。五十代桓武（かんむ）天皇である。そして、その年の十二月に光仁天皇は崩御した。ちなみに桓武天皇の母は、高野新笠（たかのにいがさ）である。

　高野新笠は、父親が百済（くだら）系渡来人で、「続日本紀」によれば、百済武寧王（ぶねいおう）の子孫である。武寧王は百済の第二十五代王である。

　母は、土師宿禰真妹（はじのすくねまいも）で日本人である。この母から高野新笠が生まれ、光仁天皇の側室から夫人となり、桓武天皇を生んだ。現在の皇室の直系祖先にあたる。

皇太子であった桓武天皇は、翌年七八二年（延暦元年）に元号を変えたため、天応という元号は一年で終わった。第五十代桓武天皇はその後、七八四年（延暦三年）都を平城京（奈良）から長岡京（京都）へ遷した。

この当時、過去四十年間で四回も都を遷しているのである。七四〇年（天平十二年）聖武天皇によって平城京（奈良）から恭仁京（京都）に、七四四年（天平十六年）恭仁京から灘浜京（大坂）へ、七四五年（天平十七年）灘浜京から平城京に、そして、桓武天皇によって平城京から長岡京（京都長岡）へ遷ったのである。

何故、このように都が遷るのか、そこには宗教が絡んでいるのである。

当時、奈良は、南都六宗という六つの仏教が栄えた。それを奈良仏教と称した。その奈良仏教が力を持ち政に影響を与えるようになり、天皇はその影響を排除するために都を遷したのである。後に最澄や空海が興した宗教を、奈良仏教と並び平安仏教と呼ぶようになる。

ある日、真魚は、氏寺の住職の景雲の所に行った。

「景雲さま、吾に儒学を教えてください」

真魚は、真剣なまなざしで景雲を見つめて言った。

「儒学をとな」

「はい。儒学を学べば、人々の上に立つ者の気持ちが分かると聞きます」

「儒学は、まだ子供の真魚さまには難し過ぎます」

「でも学びとうございます」

「はて、どうして上に立つ者の気持ちを分かろうとするのか」

景雲は、子供の真魚の考えを計り知れないでいた。

「はい。儒学は、徳を持って天下を治めるべきと説いております。国を治めるには儒学が必要です」

「真魚さまは国を治めると言うのか？」

景雲は驚いて真魚の顔色を窺った。

「いいえ、滅相もございませぬ。人の心を知りたいのです」

「人の心とな」

「人は、なぜ人に従うのか。人が人を師と仰ぐ心が知りたいのです」

「真魚さまは、いま何歳になられた」

「はい。八歳になります」

この子には、何か不思議な心が宿っているのではないかと、景雲は思った。

「そうか。それでは、この景雲、真魚さまに儒学をお教えいたしましょう。ただし、毎日通うようになるがよいですか。遊ぶ暇がありませんぞ」

「遊びは、兄たちと家で戯れておりますから」

翌日から、真魚は、景雲の寺で儒学を学びだした。

「真魚さまは、儒学をどこで知りえたのですか」

「はい。父上からです」

「さようか。お父上の田公さまは立派なお方じゃ。吾も佐伯さまの氏寺をこうしてお守りしておりまする」

「景雲さまは渡来の方。なにゆえに父のお寺をお守りするのですか」

「そうじゃのう。我が師の鑑真和尚がなぜ命がけで日本に渡り、骨を埋めたか分かりますか」

「分かりません」

「そうか。これから真魚さまが学ぼうとする儒学を理解することで、鑑真和尚の気持ちが分かるかもしれぬ」

「はい。分かりとうございます」

「それでは始めようか。儒学は、漢の時代の七代皇帝武帝が、官学と定め教育を行うようになった。いわば帝王学の学問である。その中でも最も大事な易経から始めよう」

儒学は、孔子を始祖とする思考、信仰の体系で仁義の道を実践し、上下秩序の弁別を唱えた。いわゆる徳治主義である。徳による王道で天下を治めるべきという思想である。この基本となるのが「易経（えききょう）」「詩経（しきょう）」「礼記（れいき）」「書経（しょきょう）」「春秋（しゅんじゅう）」の五経である。

最初にくる易経は、「陰陽思想」を基本としている。二つの対立する性質が作用し合うことで変化が生じ、新たなものを生み出すという思想である。

例えば、夜は陰で朝が陽である。朝になればまた新たなことが生じるというのである。また季節は、春（陰）夏（陽）冬（陰）と巡りながら生命を生み出す。

自然の万物の変化の法則を理解し、人間の生きる道に生かすことにより、よりよい人生を送ることを目的にした思想である。

この難しい思想が八歳の子供に理解できるのか、また漢字で書かれた文章を読めるのか、景雲は半信半疑でいた。

「易経の中でも重要な概論を説いた繋辞（けいじ）伝から始めようか」

景雲は、繋辞伝の第一章「天地宇宙に対応する易の原理」の所を開いた。
「これが読めますか？」
景雲は、幼い真魚さまには読めないと思いながら聞いた。
　繋辞伝の第一章一の一
「素問」
　天尊地卑　乾坤定矣　天は尊く地は卑して　乾坤定まる
　卑高以陳　貴賤位矣　卑高以て陳なりて　貴賤位す
　動静有常　剛柔断矣　動静常有りて　剛柔断る
　方以類聚　物以羣分　方は類を以て聚まり　物は羣を以て分かれ
　吉凶生矣　在天成象　吉凶生ず　天に在りては象を成し
　在地成形　變化見矣　地に在りては形を成して　変化見わる
「チェースイピペイ　チェンホンティンニェ……」
真魚は、大きな声で読み上げた。
「何と！」
景雲は、この文章を唐の言葉で読み上げたことに驚いた。いわゆる中国語で読んだのである。

「真魚さまのお父上は、唐の国の言葉は分からないと思うが、真魚さまはどこでお習いになったのか」

「はい。自然と覚えたのです」真魚は、平然と言った。

「しかし……」

景雲は、それ以上言葉がでなかった。それはあまりに唐突なことであった。

まだ八歳の子供が発する言葉ではない。唐の国においても、八歳という年齢で易経を読めるものなどいなかった。ましてや日本において読めるとは皆無であった。だが真魚さまは読んだ。これは高僧の生まれ変わりやもしれぬ。「化身」という言葉がよぎった。そうでもなければ頭では考えられないことであった。

「真魚さまは、この意味するところはお分かりですか？」

景雲は恐る恐る聞いた。

「いえ、よくは分かりませぬ」

その言葉を聞いて景雲は、いくらか安堵した。

「それでは、お教えしましょう。天は尊く地は卑くして乾と坤が定まった。卑い高いをもってつらねて貴賤の位がある。動と静には常があって剛と柔に分かれる。道は類をもってあつまり、物は群をもって分かれて、ここに吉凶がおこる。天にあっては象

（日、月、星）を成して、地にあっては形（山、川、動物、植物）を成して変化あらわれる。そういう意味ですがこれでわかりますか？」

景雲は、これでは分かるべきもないと思っていた。

「はい。人にあっては位の違いがあり、自然にあっては静かなときもあり、嵐のようなときもあります。そして天においては朝もあれば夜も来ます。すべては変化している、と言うことでしょうか」

真魚は、自分の考えを言った。

「驚いた。その通りです。だいたい理解しているようですが、この剛と柔との意味は、陰と陽のこと。この二つが対立することによって変化が生じ新たなものを生み出す」

「陰と陽とはなんでしょうか」

「簡単に申せば、夜になって暗くなることを陰といい、太陽が出て明るいことが陽である」

「それでは変化は望みません」

真魚は、景雲の顔色を窺った。

「夜から朝になり、また新しい一日が始まる、昨日までの出来事は終わりを告げ新しい今日は変化ではないか。人も昨日の暮らしとは違い、新たな一日が始まる。万物は変化する。さらに天もまた変化する」

「天もですか」

天という言葉に真魚は、空を見上げた。

「そうです。天と地とは対立する二つじゃが、この二つも陰と陽なのです」

「陰と陽……」

真魚は、自然という、とてつもないほどの大きさに潰されるような意識になった。

こうした講義が一か月ほど続いて。真魚は、易経の内容が次第に理解できるようになっていった。

四

七八二年（延暦元年）夏は、また疱瘡（ほうそう）が流行し始めた。この讃岐国においても、死者が出始めていた。疱瘡とは、天然痘（てんねんとう）である。飛沫感染や接触感染によって移る。豆粒状の丘疹が生じ全身に広がり、致死率は二十から五十パーセントと高い。

郡司である田公は、その対策に追われていた。

「先ごろ、隣村の住民が亡くなった」

家で茶を飲みながら、独り言のように妻の玉依姫に田公は呟いた。

「疱瘡は怖い疫病ですからね。旦那さまもお気をつけくださいまし」
「うむ。この病を治すにはやはり陰陽師しか頼れぬ」
「はい。吾たちではどうすることもできませぬ。せめて患者には近寄らないことしかできませぬ」

玉依姫は、不安そうに言った。

この天然痘は、七三五年（天平七年）から七三九年にかけて大流行した。当時の日本の総人口の二十五から三十五パーセントに当たる百五十万人が感染により死亡したとされる。「天平の疫病」として知られる。この時に、藤原不比等の四人の息子が感染して相次いで亡くなった。不比等は、藤原鎌足の次男である。

藤原武智麻呂（藤原南家開祖）、藤原房前（藤原北家開祖）、藤原宇合（藤原式家開祖）、藤原麻呂（藤原京家開祖）の四兄弟である。当時は、この藤原家が権力者である。いまで言う総理大臣、副総理、官房長官、副官房長官が相次いで亡くなったという具合である。

この時代、災害や疫病などの天変地異は、為政者の資質によって引き起こされるとみなす風潮があり、天然痘の流行に聖武天皇は仏教への帰依を深め、東大寺や大仏の建造を命じ、また全国に国分寺を建立させた。

そして、またこの天然痘が再流行し始めたのである。

「この讃岐国で疱瘡が拡大すれば、大変な死者を出しましょう」

郡司である田公は、国司の藤原魚麻呂（ふじわらのうおまろ）に向かって言った。

「吾とて、この疫病にただ手をこまねいている訳ではない。すでに朝廷には伝え、陰陽師（おんみょうじ）の派遣を要請しておる」

「まずは、疱瘡にかかった者については、どこかに隔離しなければなりませぬ」

田公は、隔離できる場所を考えなければならなかった。

「それについては、考えている」

国司は、すでに仮の建物を用意し、そこに患者を隔離するつもりでいた。

数日後、朝廷から派遣された呪禁師（じゅごんし）が郡司である田公の屋敷にやって来た。

この呪禁師は、律令制の中の医疾令（いしつれい）により制定された機関で典薬寮（てんやくりょう）といい、呪禁博士一名に呪禁師六名から成る。呪術によって病気の原因となる邪気を祓（はら）い治療する機関である。

「この疫病の発端はやはり渡来人からのものか」

呪禁師は、到着そうそう田公に尋ねた。

「はっきりしたことは分かりませぬが、この讃岐国においては、老若男女を問わず流行の兆し」

「では一刻も早く治めねばなりません。まずは魔除けの祈禱を行いましょう」

そう言うと、呪禁師は祭壇を作り、そこに讃岐国において登録されている人々の名簿を置いた。それは人々全員を回って祈るわけにはいかないので、記載されている人々をひとまとめにして祈るためでもあった。

呪禁師は、持参した薬草の束に火を付け、煙が辺りを覆うなか、おもむろに呪文を唱えた。

真魚は、そうした光景を見るのは初めての経験だった。

「父上、これで疫病は治る(なお)のでしょうか」

真魚は、半信半疑で聞いた。

「確かにこれで治るか分からぬが、悪霊を追い払うには良いかもしれぬ」

「悪霊はいるのでしょうか？」

「いるとも。だからこうして呪禁師がいるのじゃ」

「悪霊はどこにいるのですか。真魚も退治しとうございます」

「なに！　悪霊を退治したいとな」

「はい。人々を苦しめ死に追いやる悪霊を許しませせぬ」

「真魚は、時々驚くようなことを言うのう。悪霊は人の目には見えぬ。見えぬものをどうして退治するのか」

田公は、真魚をからかうように言った。

呪禁師は、まだ念仏を唱えていた。その姿をじっと真魚は見つめていた。目に見えない悪霊とどうして戦うのか不思議だった。父の言う悪霊とはどんな姿をしているのか、真魚は頭が混乱していた。

やがて呪禁師の呪文は終わった。

「これでこの疫病は鎮静化することだろう」

呪禁師は、集まっていた人々に向かって言った。

人々を代表して国司が礼を言った。

「この度の疱瘡は、非常に感染力が強い。疱瘡にかかった人には、決して近寄ってはならぬ、よいか。もしその人が亡くなった場合は、布に包み荼毘に付すことだ。けっして触ってはならぬ」

「そんなに恐ろしい病なのですか」

集まった人の中の一人が聞いた。

「そうじゃ。昔と言っても四十年前に天平の疫病といって日本の三分の一の人々が命を失った恐ろしい病じゃ」

　呪禁師は言った。

「この病はどこからくるのでしょうか」

　真魚が大きな声を出した。その途端、人々は真魚の方に目をやった。

　呪禁師も、その大きな声に顔を向けた。

「うむ。よくぞ聞いた。天が怒っている時に現れる。そのために大仏を建立したり、寺を全国に建てたりして悪霊を追い払った」

「天とは？」真魚は、聞いた。

「天とは、宇宙。空や星のかなたのすべてだ」

　呪禁師にそう言われて真魚は空を見上げた。

　空は、とてつもなく広い空間で、人は小さく存在するように思えた。

　それと同時に、景雲から学んでいた易経を思い出した。天と地は陽と陰の関係があり、この二つが対立するときに災いが起きる。

　真魚の心に、この出来事が強く刻まれた。

　真魚が景雲に易経を学んで一年が過ぎていた。その間、中国語も学んで、すでに会話に不自由することはなかった。

「真魚さまは、随分と語学が達者になられた。そして易経も理解された。これ以上、吾が教えることはございませぬ」

景雲は、真魚のすぐれた才能を褒めた。

「はい。景雲さまのおかげです」

「まだ九歳で、これだけ勉学ができる子を吾は存じぬ。真魚さまは将来何になるおつもりか」

「はい。陰陽師になりたいです」

「陰陽師となﾞ」

「はい。この国の人々を救いたいと思います」

真魚は一年前に呪禁師との出会いを思い出していた。

「父上の後を継がぬのか」

「はい。兄が二人おりまする」

「確かに兄の二人も出来が良い」

長兄の鈴伎麻呂は、地方の国学に学んで今は父の手伝いをしている。鈴伎麻呂は二十一歳になった。次男の酒麻呂は、この時十八歳になり、長男と同じ地方の国学で学んでいた。

「吾は、もっと学問を身に付け、景雲さまの唐の国とはどういう国かこの目で見とうございます」

「唐という国は、とてつもなく大きい。そして大勢の人々が暮らして居る。そうよのう。吾もこの日本に来て、いろいろ感じることがあった。鑑真和尚も、自分の命を懸けてこの日本のために身を捧げた。このような人を吾も尊敬いたす」

「景雲さまは日本に骨を埋めるおつもりですか」

真魚は、異国で死んでいくには、父や母と別れることになり、寂しくないのだろうかと考えた。

「そうじゃのう。この日本で命を絶えることになろう。吾の家族は唐の国におるが、吾は僧侶としてこの日本に残ることにしたのじゃ」

「家族がいないのは寂しくないのですか」

「吾とて寂しいが、僧侶としてもっと大きな使命がある。真魚さまにも教えた易経の第四章にこんな文があった」

そう言うと、景雲は諳(そら)んじた。

興天地相似　故不違　天地と相い似たり　ゆえに違(たが)わず

知周平萬物道濟天下　知万物に周(あまね)くして道天を済う
故不遇　旁行而不流　ゆえに過(あやま)たず　旁(あまね)く行きて流れず
樂天知　故不憂　天を楽しみ命(めい)を知る　ゆえに憂えず
安土敦乎仁　故能愛　土に安んじ仁に敦(あつ)し　ゆえに能(よ)く愛す

「この意味はな……。易は天地とあい似ている。だから違わない。易を含む知恵は万物にあまねく行き届いて、易の道は天下を救うことができる。だから過ぎずに天地と差はない。天の理を楽しみて境遇に安んじ、天が与えた使命を自覚する。だから憂えず、土（天に対する地のこと）に安んじて、仁徳に厚くあれ。だからよく他者を愛することができる……　理解できたかな」

景雲は、真魚の真剣に聞き入る目を見た。

「景雲さまは、日本で仏の道を広めるのは天からの使命とお考えなのですか」

真魚は、この文から、景雲の気持ちを分かろうとした。

「人の命は短い。死んで墓に入ることはそんなに大切なことではない。それよりも、命をどう燃やすかだ。人のために役立てることが出来たら本望ではないか」

景雲は、遠く唐の国の故郷を思い出していた。

真魚は、この景雲の生き方に強い印象を受けた。

第二章　槐市遊聴（かいしゆうてい）

一

七八五年（延暦四年）に藤原種継（ふじわらのたねつぐ）が暗殺されるという事件が起きた。

この藤原種継は中納言で、時の天皇である桓武天皇から遷都の責任者に任命され、奈良平城京から京都長岡京への遷都を決めてから一年あまり、ほぼ完成した都の施設を見回り中、暗殺された。首謀者は、大伴家持（おおとものやかもち）とされるが、藤原種継が暗殺される一か月前に死去。大伴竹良（おおとものたけら）、大伴継人（おおとものつぎひと）、佐伯高成（さえきのたかなり）ら十数名が捕縛され斬首された。

長岡京遷都の目的は、巨大な力を誇った大和の仏教勢力や貴族と距離を置く為とも言われている。

真魚は、十二歳になった。

僧侶景雲からは、儒学の中の易経の他に経書などを学んだ。儒学とは、孔子を祖とする哲学、思想を主とする儒家思想のことである。

「真魚、来年は国学に入らねばならぬな」

父親である田公は、大きくなった真魚を見て言った。

「はい」

「真魚は、景雲から儒学を学んだと言うが、すでに理解していると聞く」

「いいえ、まだまだ学び足りないです」

「しかし、まだ十二歳であろう。他の子供とは比較にならないほど学問に秀でている。

本来ならば大学寮に入ってもおかしくない」

「大学寮は、身分の高い人しか入れないと聞きます」

「うむ、五位以上の貴族じゃないと入れん」

「そのような身分の隔たりのある大学には入りません」

「真魚は、大人になったら何になりたいか」

「はい。人のためになることをしたいと思います」

「人のためになるとは？」

「はい。景雲さまより習った儒学と、仏教は大変勉強になりました」

「そういえば、真魚は仏像が好きだと言っていたな」

「はい。仏は万物の人々をお救いになります」

「真魚は、変わった子供よのう」

田公は、わが子ながら、自分の手の届かない所にいるような気がしてならなかった。

「真魚は、母の夢枕に天竺国から聖なる僧がやって来て、母の懐に入ってきました。そこで懐妊しました。真魚は仏の生まれ変わりやもしれませんね」

田公の傍にいた玉依姫が口を挟んだ。

「母上、それはまことでございますか」

「まことですが、所詮夢枕です」

「そう言えば、唐から来た僧侶に聞いた話だが、唐の偉い僧侶が、真魚が生まれた時に身罷（みまか）ったそうじゃ」

田公は、聞いた話として言った。

「真魚は、まことに不思議な子じゃのう。それに唐の言葉も話せて、まさに貴物（とうともの）ですね」

玉依姫は、わが子を愛おしく見つめた。貴物とは、いまでいう神童である。

このことは、空海が入定（にゅうじょう）する六日前の八三五年（承和二年）三月十五日に、弟子や信徒に向けて戒めを二十五箇条にわたって示した遺言である「御遺告（ごゆいごう）」にこう示している。入定とは入滅つまり空海が死去したことである。

空海が語った言葉である。

十二歳になったとき父母は次の様な話をした。

「わたくしたちの子は、昔、仏弟子だったに違いない。何故かといえば、夢の中で天竺国から聖なる僧がやって来て母の懐に入るのを見た。そしてこの様に懐妊して生まれたからである。この子はいずれ仏弟子にしようと」

それを聞いてわたしは子供心に喜んだ。

この頃、天台宗の開祖となった最澄は、十八歳となり四月に東大寺で具足戒を受け比丘（僧侶）となる。また同年七月に比叡山に登り修行に入り大蔵経を読破する。この大蔵経とは、釈迦が説いた教えを記録した経典のことである。

最澄は、近江国（滋賀県）に生まれ、名を三津道広野という。十二歳で近江国分寺に入り、出家して行表の弟子となる。十四歳で名を最澄と改める。

この歴史に残る偉大な二人が、まだ別々の道を歩んでいた。

また、七八六年（延暦五年）十月三日、桓武天皇の第二皇子として、神野親王が生まれる。後の第五十二代嵯峨天皇である。その嵯峨天皇との出会いが、空海を歴史に残る人物にする。

真魚は十三歳になった。

国学に入る年齢である。国学は国ごとに設けられていて、讃岐国にも国学はあった。四国には讃岐国、阿波国、伊予国、土佐国に四つがあり、郡も讃岐には多度郡を始め六郡あった。その中心が讃岐国で、国司の建物もあり国学もあった。

国学は主に郡司の子弟が入る学校で、入学資格は十三歳から十六歳までの聡明な者となっていた。学校には国博士が一名、国医師が一名置くことが定められていた。生徒は讃岐国においては二十名ぐらいであった。

国学は、国司が管轄、大学寮は式部省が管轄である。つまり国学は地方の役人が管轄し、大学は朝廷が管轄しているということである。

国博士は、身分はそんなに高くはなく、階位は八位以下である。

国博士は、明経道(みょうぎょうどう)、算道、書道などを教えていた。国医師は、医学全般である。

国学の建物は、唐の影響を受けた建築様式で、軒を支える柱は胴張りという真ん中が膨らんでいる柱で赤く塗られていた。

真魚はこの風景を見て、ここで勉強が出来ることに心を弾ませていた。

明経道では主に儒教の経典である経書（四書、五経）などを学ぶことになる。儒教とは孔子を祖とする儒学の教えのことで、伝統的な政治、道徳思想の教説のことである。中でも四書は、儒教の根本経典とされる「大学」「中庸」「論語」「孟子」の総称のことである。

ある日、「大学」の講義があった。

自天子以至於庶人
壱是皆修身為本
基本乱而治者否矣
其所厚者薄而其所薄者厚
末之有也

天子より庶民に至るまで
いっしに皆修身をもって本となす
その本乱れて末治まる者は否（あらず）
その厚する所の者薄うしてその薄うする所の者
厚きは
未だこれ有らざるなり

最初の講義は、単に素読と称して意味を考えずに読むだけである。それを暗誦する。意味は考えない。ひたすら暗記するだけである。そして国家試験を受け、合格すれば郡司の子は郡司になれ、また成績が良ければ中央官庁への登用もあった。

真魚は、讃岐国においては常に一番の成績を取っていた。それだけではなく外国語にも秀でていた。

国博士である藤原明人（ふじわらのあきひと）は、真魚を自分の部屋に招き入れて尋ねた。

「真魚は、将来何になるつもりか」

「はい、人のために役に立つ人間になりとうございます」

「吾は、長年この国学で生徒を見てきたが、お主ほどの優れた生徒は初めてだ。真魚の母は、阿刀宿禰であったな。ならば国学よりも大学に入った方が、官吏になるのに良い方法ではある」

「官吏にはなりたく思いませぬ。母も父も僧侶になると思っておりまする」

「僧侶とは、鑑真和上のようにか」

「はい。そのためにも漢学を学び儒教をもっと学びたいと思います」

「さようか。儒教は、いまから千三百年前、孔子というお人が国家の安寧のためにまとめた思想書である」

「はい。吾も景雲和尚に学びました」

「景雲とは、唐から来た僧侶か」

「博士はご存知でしたか」

「知っているとも、吾も遣唐使船で唐に渡ったことがある」

「唐にですか、そこは、どんな国ですか」

「第一印象は、大きな国であること。それに人も多い。僧侶もたくさん見かけた。そうそう、寺も多くあり、建物も壮大であった」

国博士である藤原明人は、昔を思い出している風であった。

「吾も一度行きたいと思います。どうしたら行けますか」

「そうじゃのう。遣唐使船で行かねば唐に渡ることができない。そのためには、朝廷の要人とならねばならぬ」

「どうしたら、朝廷の要人となられますか」

「それは、すなわち大学を出なければならぬ」

「大学……」

真魚は、心の中で呟いた。

大学に入るには、五位以上の階位がなくてはならない。真魚の家柄では無理だった。

季節は秋になった。稲刈りの季節である。

「今年の稲作は、豊作になりそうだ」

郡司である田公は嬉しそうに言った。

多度郡では、二十四の村があり、全体で稲作は一万七千三百石であった。

石とは、体積、つまり量のことである。一石とは、千合である。大人一人が一食一合で一日三合になる。すると一石はだいたい大人が一人、一年間食べる量と同じである。朝廷に納める年貢は三分であるから村全体では五百十九石である。

稲刈りは、住民総出で稲を刈る。郡司である佐伯家には、大きな蔵があり、そこに村人から集めた米や織物、特産物などが一時集められていた。

「弥助のところは、今回、三石であるから、米俵七俵だな」

「へい。確かめてください」

積まれた米俵を真魚が数え始めた。

「父上、間違いございません」

一石は、百五十キログラムで、六十キロの俵が一俵である。

「弥助は三石で、七俵だな」

長男の鈴伎麻呂が帳簿に記帳した。

長男の鈴伎麻呂は、すでに二十五歳になり、父の後継者として成長していた。

集められた年貢米は、朝廷に納める時には、国司の立ち会いのもと、総数を確かめられてから出荷した。一年で一番忙しくまた大事な郡司の仕事でもあった。

「今年も、無事に年貢を納めることが出来た」

田公は、郡司としての役目を果たせた満足感に浸っていた。

「父上、相談があります」

突然、真魚が言った。

「相談とは何か」

「はい。国学を辞めたいと思っています」

「辞めてどうする気だ」

「今の国学では満足できないのです」

「なぜじゃ。まだまだ勉強することはあるだろう」

「いいえ、ほとんど真魚が知っていることばかりで、面白くありませぬ」

「では、これから何をするのか」

「分かりませぬが、もっと世の中を見たいと思います」

「真魚、世間はそんなに甘くはないぞ。国学を出ることが、佐伯家としての名誉だ。国学を辞めることはならぬ！」

田公は、真魚を睨みつけた。

「人の生きる道とは、国学を出ることでしょうか」

真魚は、少しむきになって父に言った。

「若いうちに勉学に勤しみ、卒業してから、自分の道を探すのはよいが、勉強を途中でやめることには反対じゃ」

「母上もそうですか」

真魚は、傍で黙って聞いていた母親に話を振った。

「母は、父上の言う通りだと思います。真魚はまだ若い。しっかりと勉強しなければなりませぬ」

父と母の言うことは、頭では分かっていた。しかし、真魚はもっと深い人間の生きている心の充実のようなものが欲しかった。

真魚は仕方なく父と母の言う通りに国学で学んでいた。

「おい、真魚」

真魚が国学の庭を歩いていると一人の若者が声をかけてきた。

この男は、坂上須麻呂（さかがみすまろ）という若者であった。須麻呂は、三野郡（みのぐん）（香川県三豊市（みとよし））の出身で郡司の息子であった。

「真魚、女人に興味はないか」

「女人とは？」

「女人だ」

「……」

真魚が不思議な顔をしていると、

「この間、女人の裸を見た」

「それがどうした」

「それが、女人の裸を見たとたんに、吾の尿する所が太くなった」

「えっ！」

「真魚も見て見ろよ。男は不思議な生き物よ」

「須麻呂、それはまことか」

「うむ。確かにそうだ。なんか身体がおかしくなる。なんとも言えない感情だ」

須麻呂は、その時のことを思い出しているようだった。

「そうだ！　今度、覗きに行こう」

「覗きに？」

「今は、夏だから山奥の川辺で女人が身体を洗っておる。それを覗くのだ」

「見つかったら大変なことになるぞ」

「大丈夫だ。見つからないようにする」

須麻呂は根拠のない返事をした。

翌日、真魚と須麻呂は、近くの小高い山に向かった。

うっそうとした森は、暑さを忘れるようにひんやりしていた。

山を登り、そこから谷へと下ったところに小さな川が流れていた。

「もう少しだ」

須麻呂は、少し興奮気味に言った。

しばらく歩くと、女人の笑い声が聞こえてきた。

真魚は、胸の臓が速くなる音を聞きながら、少し興奮している自分を感じていた。

須麻呂は、急に立ち止まった。

「見ろよ」

そう須麻呂がいうと、背を低くして藪の高さぐらいに身を隠した。

目の先には、小川で身体を洗っている数人の若い女人が見えた。

真魚は、女人の裸を見るのは初めてだった。

「なんて美しい身体だ」

真魚は、ふとそう思った。

それは、自然に溶け込むような女人の身体だった。

「真魚、すげえだろう。なんか身体が変になってこないか」

須麻呂は、得意げに言った。

「身体より胸の臓が動く感じだよ。確かに凄いけど、見つからないうちに帰ろう」

真魚は、のぞき見している自分の姿に、少し罪悪感に似たものを感じた。

「そうだな」

須麻呂は、真魚に見せた満足感があった。

その後、たびたび須麻呂は、女人に興味があるのか真魚を誘いに近寄ってきた。

「真魚、今日も見にいかないか」

「いや、遠慮するよ」

「なぜだ。こんな良い見物はないぞ」

「須麻呂、そんなに見たければ一人で行くがよい」

真魚は、女人に失礼だと感じていた。それは、女人も人に見られたくはないのだろうと思うからだ。

「真魚は頭も良く、この国学では一番成績が良いが、堅物すぎるよ。なあ、もっと遊ばないと男になれんぞ」

「男は、女人を見るために生きているのか」

真魚は、真面目な顔をして須麻呂を見た。

「別にそんなに難しく考えることではない。男の本能だ」

「本能……。本能とはなんだ」

「本能とは、男は女人を好きだということだ。男と女人が交わることで子が生まれ、子々孫々人は生きていけるのだ」

「交わると何が起こる……」

「よくは分からないが、両親がいて吾が生まれた。それは事実だ。真魚も交わってみるか」

須麻呂も、そんなに女人の身体の事まで分からない。

「女人のことを考えると、頭が変になる。須麻呂はそう思わんか」

真魚は、女人を空想すると頭の中が混乱してしまい、まとまらない気がした。

「確かにな。だから男は不思議な生き物だと思う。自分の意識と離れたところに男の本能が芽生えるのだ」

真魚は、生まれて初めて女人という存在を意識した。これはいつも母がいて父親がいて自然と意識して生きてこなかったのだが、十三歳にして、男と女という人として別々の生き物であることを意識した瞬間でもあった。

二

真魚は、十五歳になった。これまで国学で学んで、一度は辞めようとしたが、両親から引き留められ、それから二年間学んだ。国学で学ぶことがなくなったといってよかった。国博士は一人である。その博士の知識をすでに真魚は習得できていた。

「真魚！」

父親の田公が、真魚が一人で部屋にいたところに入ってきた。

「真魚は、これからどうする」

「都に出たいと思っております」

「都に出て、何をするつもりか」

「はい。都は大勢の人々が暮らしております。そこで自分の生きる道を見つけたいと思います」

「真魚、政（まつりごと）に興味はないか」

「父のお仕事は、すでに兄が継いでおります」

「いや。父の仕事ではない。朝廷の仕事だ。幸い真魚は、文学に秀でている。真魚は、その知識を天皇のために使うべきと考える。どうじゃ」

「しかし、国学では朝廷の仕事は務まりませぬ」

「確かにな。都にある大学寮に入らねばならぬが、大学は貴族以外に入れる余地はないのだが、真魚の知識なら入れるであろう」

当時、大学は階位が五位以上の子息と決められていた。しかし成績が優秀であれば五位以下でも入学が許可されていた。

「母の兄に相談でもしてみるか」

田公の頭に、阿刀大足の顔がよぎった。

阿刀大足は、学者で都にいた。後に桓武天皇の第三皇子である伊予親王の教育係となる人物でもあった。


阿刀大足が、讃岐国の佐伯家を訪れたのは、梅の花が咲く季節だった。

「遠路はるばるかたじけない」

田公は、大足に向かって礼を言った。

「なに、妹の顔を久しく見ていなかったのでな」

「兄上も元気で何よりです」

　玉依姫もまた嬉しそうに言った。

「ところで、真魚はどこに行った？」

　田公は、真魚のために都からわざわざ呼んだのに真魚の姿が見えないことに気づいた。

「先ほどまでいたのですが……」

　玉依姫は、辺りを見渡したがどこにもいなかった。

「しょうがない奴だ。探してまいれ」

　田公は、苛立った顔をした。

「ところで、真魚を都の大学に入れたいとのことだが……」

　大足は、手紙で聞いていた相談を口にした。

「息子ながら、親に似ず才能に溢れており、唐の言葉も文も自由にこなせる。これは小さい時から氏寺の景雲和尚の所に遊びに行っていて自然と覚えたのだろうと思うのだが、それにしても不思議な子よのう」

　田公は、どこか自分の子ではないような気がしていた。

「真魚は、将来何になりたいと願っておる」

「それが分からないが、親としては官吏にでもと思っている。だが本人は僧侶になりたがってもいる。それゆえ、本人に聞いてもらいたいと思うて大足どのに来ていただいたのじゃ」

そこへ、真魚がひょっこり顔を出した。

「真魚！　大事な時にどこへ行っていたのじゃ」

田公は、真魚を怒鳴りつけた。

「はい。お寺に行っておりました」

「またお寺か……。都からわざわざ真魚のために伯父上が来ているのだ。挨拶をせんか」

「伯父上ご機嫌よろしゅうございます」

真魚は、大足の顔を見て頭を下げた。

「うむ、真魚も大きくなられて元気そうじゃな」

久しぶりに見る真魚の姿が、大足には頼もしく見えた。

「真魚、どうじゃ。都に行く気はないか」

田公は、訊いた。

「はい。この讃岐国には学ぶものがありませぬ」

「ほう、もうないとな」

　大足は、まだ十五歳の子が、讃岐国には学ぶものがないと言った言葉に衝撃をうけた。

「真魚は、大きくなったら何になるつもりか」

　大足は、尋ねた。

「世の中の事が知りとうございます」

「知って何になる」

「世の中の事を知れば、おのずと自分の生きる道が定まると思います」

「都の大学に入って、朝廷の要人になる道もある」

「はい。それも一つの道かも知れませぬ」

「だが、大学に入るには、身分の違いがある。そうたやすく入ることは出来ぬ」

「はい。それは分かっております。それゆえ伯父上の所で教えていただければ幸いです」

「吾の所に来るか」

「はい。国学では儒教、漢学などを学びました。伯父上には、仏教や道教を教えていただきたいのです」

「唐の国の三大宗教か」

仏教、道教、儒教は、唐の三大宗教と言われた。

道教は、字のごとく道（タオ）を中心概念とする。道とは宇宙と人生の根源的な不滅の真理を指す。仙人となることを空極の理念とする思想である。

翌年、十六歳になった真魚は、都にいる阿刀大足の屋敷にいた。

「真魚、これから住み込みで勉学に励むがよい。ただ住み込みだからと言って、勉学だけに励むのではなく、庭の掃除、部屋の掃除など、すべてにおいて人生の勉強をせねばならぬ」

大足は、真魚に言って聞かせた。

「はい」

真魚もまた、新しい生活に馴染もうとしていた。

「では、仏教から講義を始める」

大足は、仏教経典の本を真魚に渡した。

本はすべて漢字で書かれていた。

「仏教は、天竺（インド）の釈迦というお人が悟りを啓いた経典である。そもそも天竺の言葉で書かれていたものを、唐に伝わりこうして漢学で学ぶことが出来るようになった。真魚は、漢学をすでに学んでおるから読めるか」

「はい。読むことはできます」

「では、仏教は、輪廻と解脱の考えに基づいておる。輪廻とは天竺の言葉でサンサートに由来する。つまり命あるもの何度も転生するということじゃ」

「では、解脱とは？」

「解脱は、天竺の言葉でモークシャという。悟りを手に入れた状態をいう」

「その輪廻と解脱はどうしたら出来るのでしょうか」

「人の一生は苦であり、永遠に続く輪廻の中で終わりなく苦しむことになる。その苦しみから抜け出すことが解脱であり、修行により解放できると仏教は説いている」

「修行とはどんな修行でしょうか」

　真魚は大足の言葉にのめり込んでいった。

「修行とは、一言で言えば自らを律することである」

「律するとは、どういう意味でしょうか」

「昔、達磨大師という禅僧がいた。九年間洞窟で坐禅し、悟りを啓（ひら）いたと言う」

「九年間ですか？」

真魚は、驚き、目を大きく開いて大足に言った。

「そうじゃ。九年間だ。九年目にして悟りを啓いたが、まだ足りなければ、十年でも十五年でも坐禅していただろう。それが己を律すると言うことじゃ。仏教を学ぶ前に釈迦について語ったが、これから仏典に入る」

大足は、そう言って仏教の本を開いた。

真魚はここで三年間、学ぶことになる。真魚は、大足の屋敷から一歩も出ることなく勉学に励んだ。

三年間というもの、朝は屋敷の掃除に励み、午後は、一人独学し夜になると大足について学び、皆が寝静まってからは朝方まで一人、月夜の明かりで本を書き写す日々を過ごした。

のちに「三教指帰」という本を二十四歳で空海は書いているが、その中で大学についてこう述べている。

――余、年志学にして、外氏阿二千石、文学の舅に就いて、伏膺し鑽仰す。
二九にして槐市に遊聴し、雪蛍を猶お怠るに拉ぎ、縄錐の勤めざるに怒る――

吾は十五歳で母の兄弟である阿刀大足氏について学びました。禄は二千石であり、漢学者で「文学」の官職にあり、この伯父について文学を学びました。十八歳で大学に入りました。雪や蛍の明かりで勉強し、首に縄を巻き、錐で膝をついて眠気を覚ましたという故事がありますが、それさえも不十分だと思うくらい勉強しました。

槐市とは大学のことであり、遊聴とは入学、あるいは聴講したということである。

この頃、七八八年（延暦七年）最澄は、比叡山に薬師寺、文殊堂、経蔵からなる小規模の寺を建立し、一乗止観院と名付けた。のちの延暦寺である。延暦寺という寺号が許可されたのは、最澄の死後四年たった八二三年（弘仁十四年）のことであった。

この延暦寺では、後に天台宗の基礎を築いた円仁、浄土宗の開祖法然、浄土真宗の開祖親鸞、臨済宗の開祖栄西、曹洞宗の開祖道元、日蓮宗の開祖日蓮など日本の宗教の礎となった僧が修行しているのである。

ある日、講義が終わったあと、大足が言った。

「どうじゃ。大学に行く気はないか」

「大学は身分の高い子弟が行くところ。吾が……」

真魚は思いもよらなかった。

「真魚の力があれば大学に行っても他の子弟に引けをとらぬ。いや、おそらく真魚ほどの知識を得たものはいない」

大足は、心底そう思っていた。これほど勉学に励む子弟を見たこともない。まして唐の言葉も文字も会得し、いまや仏教、儒学、漢学など、大足が教えることがなくなったほど、すべてにおいて優れていた。

実家の佐伯家では貴物（とうともの）と呼ばれていたことも頷けた。

「真魚が大学を出て、官吏になり政（まつりごと）に参加すれば父や母は喜ぶであろう」

「大学では何を学ぶのでしょうか」

「大学では、官吏になるために必要な経書や、春秋学、また唐から伝わった律令制度も学ぶ」

「吾の心は、まだ満たされませぬ。まだ勉学が足りないような気がしておりまする」

「さようか……。では大学に行くか」

「学問はしとうございます」

「されば、わしから天皇にじかに申し述べておく」

「えっ、天皇に」

「そうじゃ。大学の資格は十六歳までだ。真魚はすでに十八歳であろう。よって特別扱いじゃ。この世に仏の化身が生まれたとな。ハッハッハッ」

大足は、そう言って笑った。


真魚が大学に入学許可が下りた時は十八歳になっていた。むろん、一年生としては一番年上となる。

大学は、正式には大学寮と言った。学科は明経（みょうきょう）、文章（もんじょう）、明法（みょうほう）、算（さん）などである。

明経とは、行政科とでも言うべき、律令国家の仕組みを律令の面から学ぶ。

文章は、詩文などを学び、明法は法律を学ぶ。算は天文暦数を学ぶ。これらは、いわば文系であり、他に医学科があった。

「ここが大学寮だ」

大足は朱色で塗られた建物を見ながら真魚に言った。

「この大きな建物が大学寮……」

真魚は、初めて見る建物に心が躍った。

当時、都は長岡京（京都）であったが、大学寮は平城京（奈良）にあった。

広さは、四町ほどで、講義のための校舎、各学科の寄宿舎、それに食堂や、有力な貴族の子弟のための寄宿舎の大学別曹があった。

「ここでそなたは勉強し官職になることを約束される。妹も喜ぶであろう」

真魚の母の玉依は大足の妹である。

「はい」

真魚は、威勢よく返事をしたものの、官職につく実感は湧かなかった。

大学寮では寄宿舎で寝起きして過ごすことになった。

寄宿舎には、二十人ほど住んでいた。真魚の二人部屋には、同じ明経科の藤原安孫(あそん)という貴族の子弟が一緒だった。

「お主は、郡司の息子か」

「そうだが」

「よくぞ入れたもんだ。お金か、それとも実力か」

安孫は、真魚が郡司の子であれば国学に入ると思っていた。

「国学は卒業した。もっと学ぶために入った」

「そうか。吾は勉強があまり好きではないが、親がうるさくてな。将来官職につくこともあってとりあえず入った」

「そうか」

真魚は、軽い気持ちで返事した。

明教科では、儒教の経典である経書（四書、五経）を学ぶ。

四書とは大学、中庸、論語、孟子の総称である。五経とは、易経、書経、詩経、礼記、春秋の五種である。これらの漢学を学ぶさい、まず素読を習う。文章の意味を考えずにただ文字を暗誦する。それを一字一句間違わないように暗記するのである。国学も大学も、これが教育内容である。

明経科には博士が一人、助教が二人、直講（講師）が二人で構成されていた。大学寮の大学頭はこの時赴任してきたばかりの阿保朝臣人上で、従五位貴族である。以前は武蔵野国の国司であった。

教授博士は、岡田臣牛養で、真魚と同郷の讃岐国出身で階位は外従五位下である。そして助教は、唐から留学帰りの「春秋学」を学んできた学者で伊予部連家守である。階位は外従五位下である。もう一人麻田連真浄である。階位は外従五位下である。直講の一人は、まだ少壮の学者だった味酒浄成である。真魚はこの浄成から五経を学んだ。

真魚は、こうした人々から講義を受けることになる。とくにこの時代、春秋時代の歴史書で孔子が制作に関与した思想書である「春秋左氏伝」「春秋公羊伝」「春秋穀梁伝」の三つからなる「春秋三伝」という書物が流行っていた。紀元前七七一年頃から紀元前四七六年までのおよそ三百二十年にわたる期間を春秋時代と呼ぶことから春秋三伝と言う。儒教経典の一つである。


「これから講義を始める」

大学ではまだ若い方に属する伊予部連家守は、十数人の生徒を見渡し言った。

真魚は、国学で学んできた講義とは違った緊張した気持ちになった。

むろん階位が違い貴族の子弟が学ぶ大学であり、いわばエリートの集まりである。

国学は、いまでいう高校で、大学寮は大学で、それほどの差があった。

真新しい本には「春秋左氏伝」と表題が書かれていた。

「まず本を開け」

そう言われて全員が一斉に開き、その開いた紙のすれる音が、さわやかな風の音のように真魚は感じた。

「春秋とは、一言でいえば春秋時代に孔子という思想家、哲学者が魯の国の歴史をまとめた史書である」

伊予部連家守はその後、孔子についてその人物像を自分なりの考えで語った。

真魚は、その講義を聴きながら、以前、寺の僧侶に教わった易経の考え方も孔子という方の書物であったことを思い出した。人々の中にも、これほど才能を持った人物がいるのかと思うと身体が身震いした。

「真魚、講義は面白いか」

授業が終わった後、藤原安孫が真魚に近寄ってきて言った。

「新鮮な知識だ。面白い」

「そうか、真魚は、勉強が好きなんだな」

「安孫は嫌いか」

「吾は、そんなに好きではない。昔の春秋を習って何になる。それも異国の歴史だ。そんなものに興味はない」

「では何に興味があるんだ」

「女人だ！」

「女人……」

「そうだ女人だ。女人を見ると、ここが急に鼓動が速くなって苦しくなる」

安孫はそう言いながら胸に手を当てた。

「なぜ胸が痛くなる」

「わからん。どうして胸が痛み、女人を抱きしめたくなるのか。頭が変になりそうだ」

「女人を好きになることは、悪いことではない」

真魚は以前、国学に通っていた時に、友達から誘われて、山林の小川で戯れていた女人の裸を覗いたことがあった。その時の感情の高ぶりを今も覚えていた。

「男は、この年頃になると女人への目覚めがあるのかもしれない。動物が雌を求めて鳴くように、人もそうなのだ。きっとそうだ」

安孫は、自分の言った言葉に、急に悟ったように頷いた。

「女人への目覚めか……」

真魚もまた、安孫の言葉に頷いた。

ある日、真魚は、大学頭の阿保朝臣人上に呼ばれた。

部屋の入口に立ち、真魚は大きな声で中に入る許可を願い出た。

「入れ！」

部屋の中から声がした。真魚は静かに戸を開けた。

中には、大学頭と教授博士の岡田臣牛養が窓際に立っていた。

「佐伯直真魚と申します」

真魚は、そう言うと頭を下げた。

「そちが真魚か」

がっちりとした体格に、白い髭をあご下に蓄えた大学頭が真魚の顔をじっと見つめた。

「そちのことは、岡田博士から聞いている」

真魚は、何を聞いているのかわからなかった。

「この大学寮からも昔、吉備真備（きびのまきび）という優れた文章生がいたが、それ以来の優秀な生徒である。もう一人まもなく来るであろう」

岡田牛養はそう言って、入口の方に目をやった。

「入ります！」

大きな声が聞こえた。

「菅原朝臣清公（すがわらのあそんきよきみ）です」

真魚よりは背の高い男が部屋に入ってきた。

歳は真魚より三歳年上である。位は従五位である。大学寮を卒業まぢかであった。

この男は、文章得業生（もんじょうとくごうしょう）である。文章得業生とは、文章生の中から選ばれた特待生身分のこと。成績優秀な者から二名選ばれ、官人登用試験の最高段階の秀才試、進士試験の受験候補者である。

後に、この菅原清公は文書博士となり、四男、是善（これよし）もまた文章得業生であり、その子菅原道真（すがわらみちざね）もまた得業生である。親子三代にわたっての秀才である。

真魚もまた、歳は若いが文章得業生であった。

「得業生には、官僚の道が開けておる。また博士になることもできる」

二人の文章生を前に、岡田臣牛養は言った。

「ここに来てもらったのは他でもない。遣唐使として唐に渡る気はないか確かめたかった」

大学寮頭の阿保朝臣人上が二人を見渡した。

「遣唐使ですか」

清公は、驚いたように言った。

「さよう。唐の国は進んでいる。その唐の国の事を学んで我が国を盛んにしたいのじゃ。昔、吉備真備が遣唐使として唐に渡り、十八年間学んで帰国した」

「唐の国で何を学ぶのでしょうか」

　真魚も、訊いてみた。

「うむ。今の律令制も唐から学んだ。国のあり方を学ぶのじゃ。お主たちは、これからの日本を担う者であるから」

「吾は、まだ迷っております」

「真魚は何を迷っておるのか」

「知識を多く持つことが良いことなのか、または人の幸せのために尽力するのが良いのか」

「知識を持たねば、人の上には立てぬ。人の上に立つものが多くの民を助けることができる。違うか？」

　牛養は真魚を諭した。

「それに異存はありませぬが、吾にはまだ何かあるような感じがしております。それは、この世の現象ではなく、もっと大きなものがあるように思うのです」

「大きなものとは」

「はい、まだはっきりとはわかりませんが、宇宙の存在です」

「なぜ宇宙か」

「わかりませんが、大きな空の存在です。朝、太陽が昇り、夕方沈み、また一年が春夏秋冬と四季があるのが不思議でなりません」

「しかし、それと大学寮で学ぶこととは違う。学問は、社会のために役立てるもの。まして遣唐使として唐の国を学べることは良いことではないか」

「……」

真魚は、納得がいかなかった。以前は唐の国に興味があったが、今は遣唐使として唐の国に行って何を学びに行くのか、真魚は自信がなかった。

「遣唐使として唐に渡るには、朝廷が唐に船を出さねばならぬが、いまはその時期ではない。さすれば遣唐使船が出る時には、二人を推薦したいと思って、二人の気持ちを聞いた」

大学頭の阿保朝臣人上は言った。

実際に遣唐使船が唐に派遣されたのは、これより十年の歳月がかかっている。

そして偶然にも、この菅原清公と空海は目的が違うが、第十八次遣唐使船で唐に渡ることになるのである。

大学寮に入って二年が過ぎた。その間、真魚は必死に勉学に励んだ。

真魚は、時間がある時には、近くの大安寺に行って仏像を見るのが好きだった。大安寺は、聖徳太子が病に臥せっている際、それを見舞った田村皇子（後の舒明天皇）に大寺を造営してほしいと言い、日本初の官寺として建てたのが大安寺である。創建は飛鳥時代とされるが、はっきりした年月は不明である。

大安寺は元興寺と並んで日本における「三論宗」の一つであった。

七四七年（天平十九年）の「大安寺資財帳」によれば、大安寺には八八七名の僧侶が居住していたとされる。また、鑑真を日本に招請するために派遣された普照、栄叡、後に空海と交流があった勤操などもこの大安寺の僧である。

平城京の街路は、一町（百五メートル）ごとに碁盤目に配され、四町ごとに走る東西路は一条大路、二条大路と名が付けられ、南北路は一坊大路、二坊大路と順に名が付けられていた。

大安寺は、六条大路に面して立っていたが、寺域は東西三町、南北五町に及ぶ広大な敷地であった。

大安寺の門をくぐると、すぐに大きな七重塔が両側に聳え立ち、その威容に圧倒される思いがあった。その重圧にも似た思いもまた、真魚には快感であった。境内を歩いていると、うら若い一人の女人に目を奪われた。その女人は、天女が地に降りたように、輝きを放っているように真魚には思え、心が奪われたような感じがした。

「なんと美しい女人なのだ」

真魚はふと独り言を呟いた。そして我が身を忘れたかのように、その女人を見つめていた。女人は、自分が見られている視線を感じたのか振り返った。

その瞬間、目と目が合った。真魚は、咄嗟に少し頭を下げたが、心の臓の高鳴りを覚えた。女人は振り返った後、何事もなかったように遠ざかって行った。

真魚にとっては、初めての経験だった。その日から、真魚は、勉強に身が入らなくなった。

「真魚、どうした。最近なんかおかしいぞ」

安孫が、授業が終わった後、近寄ってきて言った。

「あぁー、自分でもおかしいと思うよ」

「なにかあったか？」

「一人の女人に惹かれてしまった」

「女人か」

「そうだ。お主が言っていたように、女人に心を奪われるということがあると分かった」

「そうだろう。女人ほどすばらしいものはない」

安孫は、得意げに言った。

「なぁ、安孫。男はどうして女人に心を奪われるのだろうか。女人は男に興味はないのか」

真魚は、人という生き物が、なぜ自分の意に反して感情が高ぶるのだろうかと考えていた。

「女人も男に興味はあると思う。年頃になると、お互いに意識するようになる。だから結婚し、子供を授かる」

「生命とはなにか」

「生命？」

「そうだ。仏は男と女人の身体が一体になるように作られた。いやすべての万物がそのように作られた。だから鳥や動物、植物もすべて子孫を残し永遠に栄えるのだ。そこに生命の本質があるように思える」

「真魚、そんなに固く考えなくとも、男は女人を好きになる。それだけでいいではないか」

「なぜ好きになるか、安孫は考えたことがないのか」

「ない。それは心の問題だ」

「その心はどこからくる」

「わからん。真魚は、理屈が多すぎる。人の感情は量るものではない。真魚が出会ったという女人に一度会わせてくれ」

「いや、名前も分からん。ただすれ違っただけだ」

「それは、一目惚れというやつか。呆れたもんだ」

それから、二日後、真魚はまた大安寺に行った。それはまだ心にあの女人の姿が気になっていたからであった。しかし会うことが出来なかった。

何日か通っていたある日、また女人に会う機会があった。

「もし……」

真魚は、思い切って声をかけた。

女人は声のする方に顔を向けた。

「何か御用の筋でも？」

女人は、警戒しながら言った。

「いつもこの辺りで見かけるもので」

「はい。願を掛けに参っております」

「願掛けですか？　誰か病でも」

「はい。母上が病にかかっております。あなたさまは？」

「紹介が遅れました。わたくしは佐伯真魚と言います。真の魚と書いてまおです。讃岐の出ですが、いまは大学寮に通っています」

「大学寮ですか。位の高いお方なのですね」

「あなたさまは」

真魚も女人の名を知りたかった。

「名乗るほどの者ではございません」

「お聞かせ願いたいのです」

「いいえ、卑しい身分のものでございます」

「人は、身分に左右されてはなりませぬ。位は人を曇らせます」

「面白いことを言うお方なのですね」

「是非お名前をお聞かせください」

真魚は、いま名前を聞かねば悔いが残ると思った。

「……」

女人はためらっているのか、下を向いたままだった。

「あなたさまと出会ってから、吾の心が熱く燃えるように感じました。なぜかそれはわかりませぬが、あなたさまが心を通じ合える人だからと思うのです」

真魚は、自分でも何を言っているのかわからなかった。ただ自分に女人を惹きつけたかった。

「名は……。やはり言えません。身分が低いのであまり関わらないでください」

「どこから通っておりますか」

「この近くです。はっきりとは申し上げられません」

真魚は、それはそうであろうと思った。初めて会話をした男に名や家を教える女人はいるはずもなかった。

「これからお参りにまいりますので、これで失礼いたします」

女人はそう言うと、寺の方に向かって歩き出した。

「あの、もしまた会えたらお声かけをしてもよろしいか」

真魚は、歩き出した女人の背中に向かって声をかけた。女人は、それに応えることなく立ち去って行った。

真魚はその後ろ姿を、目を凝らして見送った。

大学寮の講義は続いていた。春秋公羊伝である。これは、一字一句の問答の形で議論する体裁をとっている。公羊高が編纂したもので公羊伝と伝えられている。孔子—子夏—公羊高—公羊平—公羊地—公羊敢—公羊寿と続く子弟関係になり伝えられた。冒頭　隠公「元年春王正月」に対して次のように書かれている。隠公とは、魯の十四代君主のことである。

隠公元年

　元年者何　　　元年とは何でしょう

君之始年　　　君主の始めの年のことです

春者向　　　　春とは何でしょう

歳之始也　　　歳の始めのことです

主者孰謂　　　王とはどなたのことを言っているのでしょうか

謂文王也　　　周の文王のことを言っています

……

春三月、夏五月、秋七月というように、一年を通して書かれている。

そして、これが元年から十八年まで続く。

春秋穀梁伝は、子夏の弟子で穀梁赤（こくりょうせき）が編纂したことから穀梁伝と伝えられる。こうした春秋時代の国の思想が書かれている漢文を真魚たちは習うのである。

さらに、儒教、論語、経書など様々な書物も学んだ。

真魚は、一心不乱に勉学に励んだ。しかし大学寮は、階位は五位以上の貴族に与えられた特権階級の制度であり、官僚試験を受けなくとも、卒業すれば役人にはなれた。それゆえ、あまり勉強もせずに卒業していく子弟もいた。

真魚は、そうした身分制度に対する反感があった。真魚はいくら成績が良くても、下級官吏にしかなれなかった。所詮、役人になるための大学寮であり、官吏になるだけの大学に不満を持つようになった。

三

真魚は、大学寮での勉学を怠るようになり、大安寺の僧侶のもとに通うようになった。そこには天竺から来た僧侶や唐から来た僧侶、また日本の僧侶と国際色豊かな僧侶が集まっていた。

その中で勤操（ごんぞう）という名の僧侶と知り合いになった。

勤操は大和国（奈良）の生まれで、小さい時からこの大安寺で修行して、三論教学を学ぶ。三論宗は、南都六宗の一つで天竺から唐に伝わり、唐に留学していた道慈が大安寺に伝えた。

この三論とは、「中論」「十二論」「百論」を合わせて、三論を所有の経典とする論宗である。「空」を唱える事から空宗とも言われる。空とは、この世の現象はみな「空」すなわち無であるということである。これは、現代でも読経されている「般若波羅密多経」である。

この経典は、二百六十文字からなり、仏教の真髄が説かれている。簡単に言うと、苦しみから解放され安らかに生きるためにはどうしたらよいかが書かれた経典である。「色即是空、空即是色……」すなわち、物質は「空」と異なることはなく、「空」も物質と異なるということはない。物質は「空」であり、「空」はすなわち物質のこと、と同じである。色とは、私たちの身体である。この身体と心が全部、「空」だと言う。つまり唯一無二に存在するものではないということである。

この世のあらゆるものや現象には実体がないという意味である。

真魚と出会った時には勤操は四十歳であった。真魚は二十歳である。

「吾は、幼い時から仏に興味がありました。勤操さまは、どうしてこの道に進まれたのでございますか」

「吾か……」

勤操は、しばらく考えるように顔を空に向けた。

「吾はのう、五歳の時にこの寺に預けられた。仏とともに生きてきた」

「女人には興味がなかったのですか」

「女人か、それは若い時はあった」

「それをどう克服したのですか」

真魚は聞きたかった。

「お主は、好きな女人でもおるのか」

「……」

「まぁよい。若いとはそういうものだ。僧侶には、五戒というものがある。一つは不殺生戒、そして不偸盗戒、不邪淫戒、不妄語戒、最後に不飲酒戒じゃ」

勤操は、僧侶として生きていくための誡めを述べた。

「吾が思うに不邪淫戒ほど苦しいものはございません。どうしたらこの心の苦しみを克服できるのでしょうか」

真魚は、二度ほど出会った美しい女人を忘れることができなかった。その心の苦しみから逃れる道を知りたかった。

「確かに、女人に対する欲だけは、頭で考えるものでもなく苦しい問題だ。しかし、その心の煩悩をときはなつのは、ひたすら仏に仕え毎日何万回と経を唱えるほかに道はない」

「いまは、学生の身。そうした修行はできませぬ」

「では、学生の身なれば、僧侶の五戒は門外、自由に女人と楽しめばよかろう」

勤操は、にこやかな顔をして言った。

真魚にとっては、いま女人と遊ぶほど心の余裕も時間もない。まだまだ勉学に励み多くのことを学ばねばならないときである。その心の葛藤で二十歳の心は揺らいでいた。

「真魚、近頃勉強が身に入っておらん」

教授博士の岡田臣牛養が、授業が終わったあと真魚に近づいてきて言った。

「博士、訊きたいことがございます」

「なんだ。申してみろ」

「はい。大学は、確かに多くの知識を学びますが、これらの多くはよその国の昔の歴史。何のお役に立つのでしょう」

「この日本という国を作るためには、異国の制度なり思想を学ばねばならぬ。今の律令制度も仏教もすべて異国の文化だ」

「唐という国は、そんなに優れた国なのですか」

「そうだ。昔から遣隋使として多くの日本人が学びに行った。そのおかげで仏教も栄え、民も豊かになった。鑑真和尚が良い例だ。今でも多くの異国の人々が日本に来て文化を広めているだろう」

「しかし、それでは日本の文化は守れませぬ」

「残念ながら、まだ日本は歴史が浅い。異国は隋に代わって唐という国になったが、戦によって国の名は変わる。だが、もう二千年の歴史がある」

「そんなに歴史があるのですか」

「今、学習している春秋左氏伝などは、千年も前の昔のものだ。歴史だけではない。国土も日本の数倍、いや数十倍はある」

「そんな偉大な国なのですか」

「そうだ。だから日本の秀才たちが遣唐使として命を懸けて異国に渡っているのだ。お主も一度唐に行ってこの眼で見てきてはどうだ。そのためにももっと勉強せねばな」

岡田博士は、真魚に温かいまなざしを向けた。

真魚は、大安寺にいた。勤操に会うためであった。

「相談とはなんだ」

勤操は、真魚の沈んだ顔色を窺った。

「大学とは、いったい何のためにあるのでしょうか」

「むろん勉学のためだ。しかし、その勉学も国に奉公するための勉学でもある」

「知識とは、多くを知ることですか」

「いや、本来、知識は己の生きる道を知るために存在する」

「吾は、大学に失望しております。いろいろ学んでも浅い知識だけで物足りなさを感じております」

「学問は、あくまで知識だ。肌で感じる学問とは違う。修験者がなぜ山で修行し、己を極めようとしているか分かるか」

「分かりません」

「それは、この世の中の自然と一体になることだ。朝、陽がのぼり万物が目覚める。そして陽が沈むと、暗黒の世界となる。この宇宙の法則を肌で感じることこそ、人間として生きる意味を感じ取ることだ」

「宇宙……」

「そうだ。東大寺の盧舎那仏(るしゃなぶつ)もまた宇宙の仏を現したものだ」

「吾は、その宇宙と一体になるにはどうすればよいでしょうか」

「それは、学問ではなれぬ。修験者と同じように山を駆け巡ることであろう。そして、幾万回と経を唱えることによって宇宙と一体になることができる」

「幾万回……」

真魚は、勤操の言う意味を考えていた。

幾万回、経を唱えることで本当に宇宙と一体になれるのか、どう一体となるのだろうか、真魚の頭の中を考えが駆け巡った。

「修験者の体験でもしてみるか」

勤操は真魚が迷っている様子を見て言った。

「修験者の体験ですか、ぜひお願いしたい」

「では、山岳信仰の金峯山(きんぷせん)に行くがよい」

金峯山は、奈良の南部に位置し、吉野山から山上ヶ岳(さんじょうがたけ)までの連峰の総称である大峰(おおみね)山脈の一つである。

　この金峯山の山上には、山岳信仰の金峯山寺が立つ。修験道の開祖である呪術者で役小角（えんのおづぬ）という人が建てた信仰の寺である。この役小角は、役行者（えんのぎょうじゃ）という名でも知られる。六三四年～七〇一年（大宝元年）まで生きた人物である。

「そこでなら、吾の悩みを解決してくれるでしょうか」

　真魚は、自分が大学生であることを忘れているようであった。

「それは分からぬが、良い経験にはなるだろう」

　勤操は、真魚の目を見つめて言った。

　大峰山脈は千メートルを超す山々が連なった連山である。山上ヶ岳は一七〇〇メートルの山でその山頂付近に金峯山寺があった。真魚はその寺まで三時間近く歩いて辿り着いた。金峯山寺の本尊は金剛蔵王権現（こんごうざおうごんげん）である。

　この金剛蔵王権現は、日本独自の山嶽（さんがく）仏教である修験道の本尊である。

　金峯山寺は、東大寺の建物に次ぐ大きな建物で、その存在感に真魚は圧倒された。こんな山深くに百年前に建てられていたことに山岳信仰の凄さを実感した。

「何か御用か」

　真魚が、金峯山寺の前に立っていると、後ろから声がした。

真魚は振り向いた。そこには、錫杖（しゃくじょう）を持った白装束（しろしょうぞく）の男が立っていた。

「山伏のお方ですか」

「いかにも」

「お尋ねしたいことがございます」

真魚は、勤操の言った言葉が気になっていた。それは修験者が山に籠って修行しそこで悟りを啓くという言葉だった。それが本当かどうか聞いてみたかった。

「山伏の方は、厳しい修行のあと、不思議な力を身に付けると言いますが、まことでしょうか」

「うむ、まことではないが、嘘でもない」

「それは、どう言うことでしょう」

「不思議な力は、誰でも持てるわけではない。修験者の中でも、最も厳しい修行の中で自ずと導き出されるもの。なぜ、そのような事が聞きたいのじゃ」

「遅ればせながら、吾は学生の身、名は佐伯真魚と申します。大安寺の勤操僧侶より聞いて、修験者の方の生きた学問を知りたく思い訪ねて参りました」

「大学寮の学生か。将来は官吏になる結構な身分の者が何故に吾に興味がある。勤操僧はよく知っている。吾もまた大安寺の僧侶であるからな。吾は戒明（かいみょう）と申す。吾は讃岐の生まれ、お主はどこか」

「はい。吾も讃岐の生まれです」

「そうすると、佐伯は郡司。息子か」

「はい」

「そうか、よく存じておる」

同じ故郷ということで、真魚はこの戒明に親しみを感じた。

この戒明との出会いが、真魚にとって人生最大の岐路に立ち、やがて空海として世に出る原点となったといってもよかった。

真魚はこの戒明と共に、ある時は、岩の上で坐禅を組み、何時間もお経を上げる日々を続け、またある時は、山を何時間も歩き続け、足の指から血を流したこともあった。そうした日々を半年間続けた。

山伏の行う修行の事を修験道と言う。山伏の装束は、決められた服装がある。

頭には、頭襟（ときん）と言って、黒漆で塗り固めた布で作った丸い小さな物を乗せる。これは大日如来の宝冠を表している。また錫杖は魔除けの意味。法螺貝（ほらがい）は、山伏が山神に入山を知らせるために吹く。

修験道では十界修行と呼ばれる修行がある。

一　地獄界　地獄の苦しみに耐える修行
二　飢餓界　空腹や渇きに耐える修行
三　畜生界　労働の苦しみに耐える修行
四　修羅界　厳しい苦行に挫（くじ）けそうになる心を克服する修行
五　人間界　懺悔、反省によって仏の心に生まれ変わる修行
六　天道界　山頂からの眺めを楽しみ、喜びを感じる修行
七　縁覚　大自然と一体となり迷いを振り払う修行
八　声聞　喜んで仏の教えを聞く修行
九　菩薩界　助け合い奉仕の修行
十　仏界　仏と一体になって平和を祈る修行

こうした厳しい修行が山伏には課せられている。

当然、大学には行かなくなり、真魚は退学処分となる。それは実家である佐伯家にも伝えられた。

「真魚は、何を考えておる。せっかく官吏の道が開けたというに」

父親である田公は、憤慨していた。それも当然である。この時代身分が絶大で階位五位下では、大学寮には入れなかったのを、お金と伝手でようやく入れてもらったものを二年足らずで辞めてしまったからだ。

「大足どのは、何て言っておられる」

田公は、妻の玉依姫に話を向けた。

「兄も困り果てております、真魚はこればかりは言うことを聞きませぬ。さらに、今はどこにいるのやら……」

真魚は、大学を辞めた後、生涯、家に帰ることはなかった。

真魚は、この修験者と共に山岳を駆け巡り、厳しい修行にあけ暮れた。

その間、真魚は、人が生きるということの意味を問い続けた。

「戒明さま、これだけ修行しても、まだ悟りを啓けませぬ」

真魚は、すでに半年間、戒明と共に修行していた。

「真魚、そんなに早く悟りが啓けるものではない」

「では、いつ啓けるのでしょうか」

「悟りは、啓けるものではない。心の中から湧き出るものなのだ」

「では、どうしたらそうなるのでしょうか」
「虚空蔵求聞持法という唱えがある」
「それは、どういった唱えでしょうか」
「うむ、真言を百日かけて百万回唱える。これを修した行者はあらゆる経典を記憶し、理解して忘れることがなくなるということじゃ」

空海は、二十四歳の時に書いた「三教指帰」の序文に次のように書いている。

ここに一人の沙門あり、余に「虚空蔵求聞持の法」を呈す。その経に説かく「もし人法に依ってこの真言、一百万遍を誦すれば、即ち一切の教法の文義暗記することを得」と。

虚空蔵菩薩とは、宇宙の化身とされる。梵語（サンスクリット語）ではアーカシャガルバと言う。

虚空蔵求聞持法の真言とは、次の言葉である。

南牟阿迦捨 掲 婆耶淹阿利迦麻唎慕唎莎訶

　この意味は、虚空蔵菩薩に繋がれば無限の叡智と無尽蔵の富が得られるので心から祈ります。ということである。

　この言葉を一日一万回、百日かけて、または一日二万回、五十日かけて唱えるのである。一日一万回唱えると言うことは、この言葉を一回三秒で唱えると、一分で二十回となる。一時間で千二百回となる。一万回唱えるには、八時間半かかることになる。これを百日間続けなければならない。

「この方法で、達成した人はいるのでしょうか」

「残念ながら吾が知っている者では誰も成し遂げてはいない。大勢の人々は、途中で挫折してしまうほどの荒行ではある」

「戒明僧は、実践したことはございますか」

「いや、吾はない。今の山伏の修行でいっぱいじゃ」

「吾は、やりとうございます」

　真魚は戒明の話を聞いて、心が燃え上がるように感じた。

「なに！　やると申すか」

「はい。本当に虚空蔵求聞持法が真実なら」

「もし、真魚が荒行をするというなら、修験者と一緒では出来ぬ。一人で山に籠り、心が自然と溶け合うまで修行なさることじゃ」

「一人でですか」

「同郷のよしみだ。真魚には大いに期待しておる。お主には、とてつもなく大きなことをやってのける素質が備わっておる。吾は、そう感ずるのだ」

戒明は、真魚の懐の深さや見識それに洞察力、そうしたものがすべて備わっているような気がしていた。

「はい。それではこれで戒明僧とはお別れしとうございます。明日からは一人山岳修行の旅にでます」

真魚は、戒明から教わった虚空蔵求聞持法を実践すべく、熱く心に誓い金峯山を後にした。時は七九四年（延暦十三年）の秋である。空海、二十一歳の時である。時代は、長岡京から都が平安京に遷され、奈良時代から平安時代となる。

第三章　空海誕生

七九四年（延暦十三年）桓武天皇は、それまで都であった長岡京から京都山背国（やませのくに）に平安京を造り都とした。明治二年に、都が東京に代わるまで、これから千百年間、この平安京の都が続くのである。

この頃、真魚は、伊予国（いよのくに）（愛媛県）石鎚山（いしづちさん）にいた。標高一九八二メートル、西日本最高峰の山である。役行者（えんのぎょうじゃ）も修行したと言われる山岳信仰の山である。

石鎚山の中腹には、六八〇年（天武天皇九年）役小角が開基の寺、天河寺（てんがじ）があった。本尊は阿弥陀三尊と石鎚蔵王権現（いしづちざおうごんげん）を本尊とする。

この山でこれから一人己の命を懸けて修行する。真魚は、大きく聳（そび）える山を見ながら強い決心がみなぎってきた。

官吏になる学問を捨て、家族、親戚から離れ、一人の人生をこれから歩んでいく。それは己への挑戦でもあった。

晩秋も深まり、山肌は次第に木々の素肌になっていった。真魚は、一人山を登っていた。時折、山伏と会うこともあるが、挨拶程度の会話だけで、あとは黙々と己の修行のために山を登った。

一九〇〇メートルの山頂からは、他の山々が堂々と聳え立ち、人々が住む家などは小さく見えた。これが神々が創った世界なのか、真魚は、心の中で叫んだ。

大学寮に入って官吏になることが、いままで大きな目標であったが、いまこうして山頂に立つと、そうした目標が小さく見えた。

山頂の岩に登りその頂で胡坐をかき、手は膝の上に置き、親指を合わせ一心に真言を唱えた。大自然の中で一人風に吹かれて仏に祈れば、それは自然と一体になった錯覚を覚えた。

夜は天河寺に戻り、夜遅くまで仏経の本を読み勉学に励んだ。そしてまた翌日、山に登り真言を唱えた。

冬となり木々は葉を落とし、寒々とした光景が山を満たしていた。真魚は、それでも修行を続けた。虚空蔵求聞持法を繰り返し唱えても、いまだに自然と一体になれなかった。「無空（むくう）」ふとそう思った。山の頂から見えるのは大きな空と果てしない宇宙の世界だ。修験者としてこの名を使おうと考えた。真魚は、親から授かった名、いま名を捨てることこそが、人として生きるために必要だ。真魚は、己を脱却するのに名を改めた。

「御遺告（ごゆいごう）」に空海は、こう記している。空海が亡くなる六日前に書かれた遺言書である。

名を「無空」と改めた。名だたる山、そびえ立つ山、切り立つ断崖の海岸につながる寂しい場所に、世俗を離れてただ一人向かい、久しく留まって苦しい修行をした。


石鎚山に籠って三か月が過ぎていた。

ある日、一人の山伏が、真魚に近づいてきた。

その山伏は、四十は過ぎていただろう。

「若いのに精が出るのう」

「はい。修行はしているものの、まだ足りませぬ」

「吾も、十年修行しているがまだ足りぬ。お主は若いから無理もなかろう」

「悟りは、啓（ひら）けるものでしょうか」

「悟りは、啓くものではないし、悟ろうとするものでもない。無力の中から湧き上がってくるものじゃ。お主の名を何という」

「真魚、いや無空といいます」

「無空か……、修験道には良い名じゃ。吾は、道沅（どうげん）と申す」

「道沅さまは、不思議な経験をなさいましたか」

「不思議な経験か分からぬが、雨の降る日、または晴れる日は、当てることが出来るようになった」

「天気が分かるのですか」

「あぁー、分かる。夕方、陽が沈むころ太陽が赤く山に沈む時は、翌日は晴れる。また、雨が降る時は、太陽の周りに丸い輪が出る。また雨が降っていても、風が出てくると雨は止む。それは肌で感じるのだ。それが自然と一体になるということだ」

「山伏が祈禱を行うということは、そうした天気を民は予測できないからなのですね」

　真魚は、郡司をしていた父が、よく年貢を納めるために天気を常に気にして、祈禱してもらっていたことを思い出した。

「ところでお主はいくつだ」

　急に道沅は、歳を聞いた。

「はい。二十一になります」

「二十一か。吾はその歳の時は、大安寺の僧侶であった」

「えっ！　大安寺の？」

「そうだ。あの時は。多くの渡来人の僧侶がおってな、異国の言葉が飛び交っておった」

「そうでしたか。吾も、大安寺の勤操僧侶と知り合いになり、山伏の修行を勧められました」

「無空は僧侶ではないのか」

「はい。大学寮にいました」

「大学寮とな。なぜその地位を捨てた」

「世の中の仕組みが見えたのでございます」

真魚は、階位の高いものが勉学に励まなくても楽をして官吏になる階級に嫌気がさしていた。

「で、これから何になるつもりか」

「まだわかりませんが、人々が平等に暮らせる世にしたいと思っております」

「それでは、唐に行かれたら良い。唐には密教という宗派がいま流行っていると聞く」

「密教ですか」

「宇宙を仏とする宗教だ。その化身が大日如来だ。東大寺の盧舎那仏もまた大日如来だ」

「それが唐の国では新しい宗派として勢力を伸ばしているというのですか」

「そうだ。吾は、唐には渡っていないが、唐に渡った僧侶から聞いた話だ。山伏もまた、自然の中から超越した力を与えられる。密教と類似したもの」

真魚は、大日如来は学んでいた。大日如来は、梵字（サンスクリット語）ではマハ・ヴァイローチャナと言う。漢訳では摩訶毘盧遮那仏である。

ヴァイローチャナとは、太陽を意味し、大乗仏典に取り入れられると大日如来となる。無相の法身と無二無別なり（姿、形の無い永遠不滅の真理そのものと不可分である）という。密教では、太陽神は命の起源であり、すべての仏の起源とする。大日如来はいわば絶対的、最上の存在なのである。

太陽は、花や動物、木々に生命を与えながら、自らは何も望まない。ただただ光をこの世に与え続ける。真魚は、そうした太陽になりたかった。

この密教が人々の心にやすらぎを与えてくれる。真魚もそう思っていたが、どうしたらその密教を会得できるのか、今は分からなかった。

「無空とやら。お主もまた吾と同じく世のために尽くす人となることじゃ」

道沅は、そう言って山を下りて行った。

真魚は、無空と名乗るも、人に公にしている訳ではなかった。ただ己の心の中での己の脱皮でしかなかった。

石鎚山での生活が、半年が過ぎた。真魚の顔は、この半年間の間、毎日修行に明け暮れていたせいか、髭も伸び、まるで仙人のような顔になっていた。

のちに空海は「性霊集（しょうりょうしゅう）」の中で、この時の様子をこう書いている。


―山藪（さんそう）を宅（いえ）とし　禅黙（ぜんもく）を心とす―


性霊集は、空海の漢詩文を集めたもので、弟子の真済（しんぜい）によって集成された漢詩文十巻である。正しくは「遍照発揮性霊集（へんじょうほっきしょうりょうしゅう）」という。

「真魚どのは、熱心に修行なさる故、まるで仙人のような身なりになりましたな」

天河寺に宿泊している時に、貫主が真魚の傍に寄ってきて言った。

「いやいや、まだまだ修行の身、悟りを啓けませぬ」

「そう焦らなくともよい。修行は一生続くもの。この石鎚山に拘らずに他の山や海にも行かれたら良い」

「この山で悟りが啓かねば他に行っても無に等しく感じます」

真魚は、そう信じていた。この石鎚山で悟りを啓きたい。

「真魚どのには、陽が昇る方角が修行には良いかもしれぬ。そこで太陽の光が真魚どのに悟りを授けるかもしれませぬ」

「えっ！　それはまことですか」

真魚は、魂を揺さぶられた。

「そちの顔を見ているとな、それを感じるのじゃ」

「なぜ、分かるのですか」

「いや分かる訳ではない。予言じゃ。そなたの背中に見えるのじゃ」

「では、どこに行けば良いのですか」

「海の見えるところ。そして太陽が昇るのが見える所じゃ」

「朝日が見える場所？」

真魚は、ふと思い浮かべたのが、土佐国（とさのくに）（高知県）だった。

「そう。そこで修行を行えば必ずや悟りを啓くことができる。大日如来が出現するであろう」

天河寺の貫主の言葉は、陰陽師のように自信に満ちた言葉だった。

石鎚山から見える太陽は山に夕日が沈むところ、朝日が昇る海は、土佐国だった。

真魚は、貫主に言われるまま土佐国を目指した。

土佐国で一番突き出ている半島は、室戸崎である。この岬からは、広い海が一面に広がって見える。その小高い山に真魚は立った。

石鎚山から見た山々の雄大な展望とは違い、海では広大な宇宙の営みが見えるような気が真魚にはした。

ここは、石鎚山のように寺はない。なにもない世界で、どうして修行し生活していけば良いか、魚をとって生活するか、あるいは近くの漁師の家に世話になるか、はたまた、何も口にせず、ひたすら真言を唱え、三か月死を耐え忍ぶか、とにかく生きることと、修行を両立させねばならない。

真魚は、一日岸壁の上で海を眺めて考えていた。

海と空以外存在しない世界の中で、海は、水平線の彼方に何があるのだろうか、また空の上には何があるのだろうか、真魚は空想するのであった。

ふと空を見上げた時、雲の一部が鮮やかな赤や緑の色で彩られていた。

「なんという雲だ、これは天の神がなせる業」

真魚は天がこの地を自分に与え、悟りを啓く地であることを教えてくれたような気がした。

雲が彩られる現象を彩雲という。太陽や月の光が微小な水滴や水晶による回折現象で淡い赤や緑などの色に彩られる現象である。その現象が、真魚が岩の上に座っている時に現れたのである。

夕方になり、次第に辺りが暗くなってきた。それでも真魚は、まだ海を見つめていた。岩山を下り海岸へと向かった。岩が海に突き出た入り江である。

真魚は、平らな岩に立った。波がその足に優しく触れるように押し寄せる。波の音を聞きながら、それがあたかもお経を上げているような錯覚を覚えた。なんとも不思議な岬であると真魚は思った。海を見て後ろを振り向いた。

長く太い岩肌が見えた。先ほどまで座って海を見つめていた岩山であった。その切り立った岩の下に波で浸食されたのか洞窟があった。

真魚はその洞窟へと足を運んだ。そんなに広くはない洞窟だが、雨風は凌げそうな場所だった。辺りはすっかり暗くなった。

真魚はその洞窟で火を起こし、持参した干物を火であぶった。干物でお腹を満たすことは出来ないが、少しは腹の足しになった。

これから虚空蔵求聞持を百万回唱える。石鎚山で修行した時も百万回唱えたが悟りを啓けなかった。もう一度一日一万回、百日かけて真言を唱える。この洞窟で成就する。真魚の決意だった。

百万回唱える虚空蔵求聞持法は、一日一万回、孤独の中での修行である。

朝から唱えれば夕方までかかる。すると食事はどうするか。食べずに三か月真言を唱えることは無理である。海に面しての修行であるから、昼は魚でも取って食べ、夜に真言を唱える。これしか方法はない。真魚は決心した。

翌朝、朝早くから海に出た。幸い海は穏やかであった。竹で作った槍を持って海に潜り魚を取った。三匹も取れれば、何とか一日は腹の足しになる。

魚を焼き食べ終えると、大学寮にいた時に持っていた書物を開いた。これらの書物も幾度となく読みこなしたが、すべて頭に入れるべく何度でも読むことにした。そして、陽が沈む頃、眠りにつき、真夜中に起きて真言を唱える。そうした日々を毎日繰り返した。

ある日、風が強く吹き洞窟まで雨が吹き込んできて目が覚めた。

海は、大きくうねり波の音も大きく鳴り響いた。真魚は、その中でも坐禅して真言を唱えた。一日も休むことは出来なかった。翌日も嵐は止むことがなかった。魚を取ることもできず、この三日間は空腹のままだったが、幸い洞窟の中で水が染み出ている所があり、その少しばかりの水で飢えをしのいだ。

まともな食事にありつけず、真魚の身体は痩せ細っていった。髪も伸び、髭も伸び放題で、まるで原始人のような姿になっていた。

いつものように、昼は海に出た。魚を取るためであるが、そこへ若い一人の漁師らしい人が近づいて声をかけた。

「お主は、ここで何をしておる」

真魚は、振り返ってその男の顔を見た。黙っていると、

「乞食か……」

漁師は不思議な顔をした。

「いや。乞食ではないが修行をしておる」

「修行？　何の修行じゃ」

「仏の道を志しての修行」

「ふん、山伏のような山岳修行ではなく海での修行であるか」

漁師は疑いの様子で見上げるように真魚の顔を凝視した。

「そうです。山岳も海もどちらも自然の世界。太陽が山からも海からも昇り同じ営みだと思う」

「変わったお方じゃな。ところで一人で修行しておるのか」

「そうです。一人です。だから海に出て魚を取り飯の糧にしています」

「それにしても随分と痩せておるのう。このままでは死んでしまうじゃろう」

真魚の顔は頬が落ち髭は伸び放題で目は飛び出しているようだった。漁師は、憐れむように真魚を見た。

「いや。修行の身で、死んでしまうのは未熟なせい。死ぬなら本望」

真魚は、本心からそう思っていた。この修行は命がけの修行である。

何日か経って、いつものように呪文を唱えていると、このあいだ会った漁師が洞窟に来て、家で採れた野菜だと言って置いた。真魚は、呪文を唱えている最中であり、声をかけることなく一礼した。

その漁師は、二日おきに洞窟に来ては野菜や握り飯を置いて行ってくれた。

ある日、真魚が洞窟で焚き火をしていると、漁師がまたやって来た。

「今日は、魚を干した物を持ってきた」

そう言って、真魚の前に置いた。

「いつもかたじけない」

真魚は手を合わせ、礼を言った。

「ところで、こんなところで修行して、何か得るものがあるのか」

漁師は、不思議でならなかった。

「吾は、この世の民を救う人間になりたいのです」

「人を救うとは?」

「人を救うということは、心を豊かにすること」

「どうやって豊かにするのか」

「それは宗教です。仏の心を持つことです」

「それは無理じゃ」

漁師は、苦笑して言った。

「お主は、いまは幸せか」

「おぅ、女房がいて子がいて幸せじゃ」

「さようか。お主は優しい心の持ち主じゃのう。こうして吾に恵を施してくれる。これも、お主に仏の心が宿っているからです」

「えっ、冗談じゃない。吾の心に仏はいないと思うのだが」

「いや、自分で気づいていないだけだ。吾からはお主が仏に見える」

真魚は、本心からそう思った。漁師にしてみれば、施しをしても何の得にもならない。それなのに無心に施しをしてくれることは、仏の心以外にない。

「ここでいつまで修行なさるおつもりか」

漁師は真魚に聞いた。

「呪文を一日一万回、百万回唱えるまでです」

「百万回とは驚いた。大変な修行じゃな。吾で良かったら、食事を毎日届けるよ。頑張ってくださいな」

漁師は真魚に仏のようだと言われてうれしかったのか、食事を届けてくれること約束した。

この漁師も虚空蔵菩薩の化身なのかと真魚は思っていた。おかげで、修行に集中できた。

真言を唱えてから二か月半が過ぎ去った。一日一万回、百日かけての修行である。真言を唱える。

南牟阿迦捨掲婆耶淹阿利迦麻唎慕唎莎蓮訶（ノウボウアキャシャキャラバンオンアリキャマリボリソワカ）

今では、まるで水が流れ落ちるように自然に呪文が口をついて流れていた。洞窟の生活も随分と慣れた。漁師が施してくれる食事のおかげで体力も幾分戻ったような気がしていた。何もかも感謝の気持ちが身体から湧いてきていた。

真魚は、幼い時、貴物（とうともの）と言われ大事に育てられていたことを思いだした。生まれた時から周りの人々に大切に育てられてきたことへの感謝であり、いまこうして、一人修行していても誰かが施しをして、自分を守ってくれる。仏の道を歩もうとした時、仏は自分をその道に導いてくださる。真魚はそう思うと、自然と涙が溢れてきた。

真言を唱えてから、三か月が経とうとしていた。もうすぐ百万回を達成できる。真魚は、気を引き締め、夜中から無心に呪文を繰り返し唱えていた。

目をつぶり唱えていたが、陽が水平線に静かに顔を出してくると、いつものように目の前が明るく輝いてきた。夜明けかと思いながら呪文を唱えていたが、今日の朝焼けはいつもの朝焼けとは違う気がした。いつもよりまぶしく輝いているようだった。

真魚は恐る恐る目をあけた。そこには水平線に赤く大きな太陽が光り輝き、海を渡って洞窟まで光が届いて目をつぶされる思いだった。その瞬間、一つの光り輝く星が目の前に現れた。真魚は驚いて大きな口をあけ目をつぶった。その光が真魚の口の中に飛び込んできたような思いがした。

空海が書いた「三教指帰」にこの時のことをこう記している。

―土州室戸崎に勤念す　谷響きを惜しまず　明星来影す―

土佐の国の室戸崎で一心不乱に求聞持法を修した。吾の真心が仏に通じ、あたかも谷がこだまを返すように、虚空蔵菩薩の象徴である明星が大空に姿を現した。

真魚は、真言を百万回唱える修行で身も心も一体となり、虚空蔵菩薩の化身が現れたと感じた。それは石鎚山で出会った一人の沙門の戒明僧侶が言っていた「虚空蔵求聞持法」の教えを実践し神秘の体験をしたことになる。

真魚は、日本で誰もやっていなかった「虚空蔵求聞持法」を成し遂げたことで心が満たされていた。だが、修験者として経験をしただけで、まだ僧侶として出家したわけではなかった。僧侶となるためには、具足戒を受けなければならない。具足戒とは、出家した男女の修行者（比丘、比丘尼）が尊守すべき戒のことである。つまり僧侶が守らなければならない戒律である。比丘は二百五十戒、比丘尼は三百四十八戒あるとする。

　虚空蔵求聞持法を成し遂げた真魚は、すがすがしい気分で、海の中に入って泳いでいた。そこへ漁師が食事を持って現れた。

「今日は、修行はどうなさった」

「お主のおかげで百万回の真言を終えることができた」

「えっ、とうとうやったのか……」漁師はあっけにとられていた。

「そうだ。すばらしい体験をした」

　そう言いながら真魚は、海からあがり漁師のもとに近づいて、

「吾は、太陽と一体になったのだ」

「太陽と一体とはどういう意味だ」漁師は、意味がわからなかった。

「お主が信じるか信じないか分からないが、今日明けの明星が、吾の口の中に飛び込んできたのだ」

「えっ！　そんなことがあるのか」

「そうだ。信じられない奇跡が起こったのじゃ」

真魚は、両手を広げて漁師の肩に手を置いた。

「じゃあ、これからどうするのだ」

「これからは僧侶になってみなが幸せに暮らせるように努力する」

真魚の決意であった。

「それじゃ、頑張ってください」

「ところで、お主の名を聞いていなかった。名を何という」

「晋作です」

「晋作には世話になった。この恩は決して忘れぬ」

真魚は、漁師にお礼を言い室戸崎を後にした。


真魚は大和（奈良）にいた。思えば二年前に大学寮を辞め、大安寺に通い僧侶の勤操に出会い修験者の道を教わった。そしてまた大安寺にいた戒明僧侶と山での修行中に出会い、虚空蔵求聞持法を教わり、それを実践してきた。

人は、何のために生きるのか。この世の自然の営みとは何か、真魚にとって永遠の課題だった。それが室戸崎で経験した明星の体験であった。仏は確かにいると確信した出来事であった。それを人に吹聴しても信じてもらえぬ。己の心に留めておくほかないと思っていた。

真魚は、大和に着くと大安寺の勤操に会いに行った。

「随分と顔が変わり痩せたな。さぞ修行をなさったことと存ずる」

真魚の姿は、髪は長く伸び、顎鬚も伸び放題で、頬がこけ目はぎょろりとしていた。

「勤操さまは、虚空蔵求聞持法をご存知ですか」

「あぁ、道慈禅師が伝えたことか」

道慈は奈良時代の僧侶で、七〇二年（大宝二年）第八次遣唐船で唐に渡り、十五年の留学生活を終えて、第九次遣唐使船で帰国。虚空蔵求聞持法を日本に伝えた。また大安寺を平城宮に移設することにも尽力し、大安寺に住した。

「はい。とても良い修行になりました」

「では、百万回の読経を終えたのか」勤操は驚いたように目を大きく開けた。

「はい。百日かけて室戸崎の洞窟で修行いたしました。そうすると、明けの明星が吾の口に飛び込んできました」

「なんと！」

勤操は、真魚の知力、体力または精神力の強さが並外れて高いことを感じた。

「不思議な体験でした。虚空蔵菩薩があたかも現れたような気持ちになりました」

虚空蔵菩薩は、明けの明星がその化身といわれ、知恵の菩薩とも言われる。

「さようか。してこれからどうなさる」

「出家して僧侶になるために具足戒（ぐそくかい）を受けようと思っております」

「では、まず髪を切り、髭を剃って身ぎれいになることじゃ。その恰好では誰も相手にしてくれぬ。しばらくはこの大安寺に住することじゃ」

「はい。かたじけのうございます」

真魚は、一か月ほど大安寺に世話になった。その間、大安寺にある書物を読み漁った。

「そろそろおいとまいたします。ちょうど東大寺で具足戒が行われると聞いております」

「虚空蔵菩薩が御身に宿ったならば、それが良い。東大寺で受けるが良い」

勤操もこの若い青年に期待していた。

東大寺は、別名　金光明（きんこうみょう）四天王（してんのう）護国之寺（ごこくのてら）ともいう。奈良時代に疫病や災害など国難を救うために、当時の聖武天皇が国力を尽くして建立した寺である。

盧舎那仏（奈良の大仏）を本尊とする華厳宗の本山である。

具足戒は、唐から来朝した鑑真が七五四年（天平勝宝六年）に東大寺仏殿前に建立した戒壇院で、聖武天皇以下四百人に戒を授けたのが始まりである。

受戒は、三師七証、つまり戒和上（かいわじょう）、教授師、羯磨師（こんまし）の三師と七名の立会僧で構成されている。戒和上は、具足戒を授かる時の首座である。教授師はその作法を教える、羯磨師は、受戒者の意志の確認をする。

受戒の時は、それまでの悪を懺悔（ざんげ）し、心を清め沐浴（もくよく）をして身を清め、清潔な衣をまとい、戒師の前で仏法僧の三宝に帰依することを誓う。

三宝に帰依するということは、親を捨て、故郷を捨て、すべての現生を捨てて仏に帰依するということである。

七九五年（延暦十四年）真魚は、東大寺戒壇院で具足戒を授かり、正式に「空海」と名を改めた。空海二十二歳の春であった。

空海のことは、東大寺薬師院文書、東大寺別當次第に記されている。

十　堪久君　花厳宗

延暦十四年任

延暦十四年四月九日　沙門空海受戒

寺務　四年　延暦　十四　十五　十六　十七

第四章　三教指帰

　空海は勤操僧侶に会うために大安寺に向かっていた。具足戒で正式に僧侶となったが、しかし僧侶になってもまだ生活の仕方までは分かっていなかった。

　これから大安寺で修行するための懇願でもあった。

　大安寺は僧侶が八百名もいる大所帯である。異国の僧侶が行きかう賑やかな寺であった。中には唐から来た多くの僧侶もいた。奈良時代は東大寺や興福寺と並ぶ大寺院で、東西三町（三三〇メートル）、南北五町（五五〇メートル）という広大な敷地を有し、日本仏教に多大な影響を与えた。

　空海は、室戸崎で修行していた時の痩せ細った身体で髪は伸び放題、髭も剃らずに仙人のような姿であったが、今はすっかり見違えるように頭髪は剃り、顔もいくらかふっくらとした姿になっていた。

「勤操僧、お久ぶりにございます」

　空海は、勤操のいる屋敷にいた。

「東大寺で無事に具足戒を終えたとみえる」

「はい。僧侶となり、名を空海と改めました」

「空海とな……　良い名じゃ」

「空海とは、勤操さまが教えてくれた三論教の教え、この世の現象すべてが「空」であるということ。また吾が修行した室戸崎で、明けの明星が吾の身体に海を渡り入ってきました。空と海が水平線で一つとなった景色もまた空海です。この経験から空海といたしました」

「さようか。空海！　まさに仏の真髄をついた名じゃ」

勤操は心からそう思った。

「勤操さまにお願いがあります」

「お願いとな。なんじゃ」

「この大安寺で修行しとうございます」

「さようか。この大安寺は多くの渡来人の僧侶がいる。異国風情がある」

「はい。渡来人に異国の言葉や文化を習いとうございます」

「この寺には渡来人が持ってきた多くの書物があり、また遣唐使として唐に渡った僧侶も多くいる。貴重な経典もある。勉学に励むがよい」

空海は、ここで三年間を過ごすことになる。この間、多くの渡来人と交流し、ありとあらゆる書物を読破していった。すでに異国の言葉は完全に取得し、会話に不自由はなかった。また難しい漢字で書かれた経典も読破し理解することが出来るようになった。

そして二年の歳月が流れ、空海は二十四歳になった。

空海は、二十四歳になって初めて自分の考えを示した書物を書き表す。これが「三教指帰（さんごうしいき）」である。この本は、当初「聾瞽指帰（ろうこしいき）」と言った。三教指帰は、のちの修正版とされている。空海が出家したことを宣言する本でもある。

三教指帰は、人間の生き方を示す三つの教えという意味である。

その三教とは、孔子の儒教、老子の道教、そして釈迦の仏教である。

三教指帰について、少し詳しく書いてみたい。それは空海が空海として生きていく原点とも言うべき考え方だからである。

三教指帰　巻（かん）の上（じょう）　并（なら）びに序

序文

「文の起り、必ず由（ゆえ）あり。天、朗（ほが）らかなるときは即ち象（しょう）を垂（た）れ、人、感ずるときは即ち筆を含む。是（こ）の故（ゆえ）に、鱗掛（りんか）、聃篇（たんぺん）・周詩（しゅうし）、楚賦（そふ）、中（うち）に動いて紙に書（しる）す。凡聖（ぼんじょう）貫（つらぬく）

殊に、古今時異なりと云うと雖も、人の憤りを写す。何ぞ志を言わざらん。余、年志学にして、外氏阿二千石・文学の舅に就いて、伏膺し鑽仰す。二九にして槐市に遊聴し、雪蛍を猶お怠るに拉ぎ、縄錐の勤めざるに怒る。爰に一りの沙門あり、余に『虚空蔵求聞持の法』を呈す。その経に説かく、『若し人法に依って此の真言、一百万遍を誦すれば、即ち一切の教法の文義暗記することを得』と。」

　およそ文章を作るには必ずその理由があります。空が晴れ渡っている時には必ず太陽がそのおおもとに現れているように、人が心に何かを感じた時こそ、人は筆をとって、その想う所を文章であらわすのです。中国太古の皇帝伏義氏の作と伝えられる八卦の説も、老子の著した「道徳経」も、周時代までの詩である「詩経」も、楚の国の文章を集めた「楚辞」も、これら古典はいずれも、先ず作者の心に感動するものがあって、それを紙の上に書きしるしたものなのです。

　これらのすぐれた作者と吾たちとは人柄も別ですし、時代も違っていますが、文章を作るという点では同じです。文章とは人間が心の内に動く思いを外に写すのです。吾はどうしてもいまここで吾の志を文章にして述べたいのです。

吾は十五歳で母の兄弟である阿刀大足氏について学びました。氏は漢学者で親王に仕える「文学」の官職にあり、従五位でしたが、この人について慕い学びました。十八歳で、都にきて、しかもただ一つしかない大学に入学を許され、講義を聴きました。貧しくて油が買えず蛍の光や窓の雪あかりで学んだという故事や、読書中の睡気を払うために首に縄をかけたり、股を錐でつっついたりしたという故事がありますが、それさえ不十分だと思うくらいの気持ちで熱心に勉強しました。ところがある時、一人の仏道修行の僧侶に会いました。この人は、吾に「虚空蔵菩薩求聞持法」というお経を示してくれました。「もし人がここに示された修法によってこの真言を百万遍となえれば、一切の教えの文章や意味を暗記することができる」と。

空海は、三教指帰の中で、序文で自分の生い立ちを書き、この後、阿波の国の大滝嶽や土佐の国の室戸崎で修行し、明けの明星が身体に入ってきた経験を語っている。また贅沢な人々の生活を見ていると、いつかは果てなく消えていくはかなさを思い、貧しい人々を見ると、悲しみを感じて苦しさをおぼえる。

このような世の中を見ていると、自分を仏道の修行へ進むよう心が動いていく。吹く風にも似たこの想いを、いったい誰が引き止めることが出来るだろうかと嘆いているのである。

序文の最後にこう記している。

「復た一の表甥あり。性則ち很戻にして、鷹犬・酒色昼夜に楽しみとし、博戯・遊俠、以て常の事とす。その習性を顧みれば、陶染の致す所なり。彼、此の両事日毎に予を起こす。所以に亀毛を請うて以て儒客とし、兎角を要めて主人と作し、虚亡士を邀えて道に入るの旨を張り、仮名児を屈して出世の趣きを示す。倶に楯戟を陳ねて並びに蛭公を箴む。勒して三巻と成して名づけて「三教指帰」と曰う。唯、墳懣の逸気を写せり。誰れか他家の披覧を望まん。
時に延暦十六年臘月の一日なり」

ところで吾には一人の甥がおりまして、彼は性格がねじれていて、人の言葉を聞き入れません。狩猟にうつつを抜かしたり、酒色におぼれて昼夜を過ごしています、博打をしたり悪い仲間と付き合って暮らしているのです。幼いころからの躾や教育がたりなかったからかも知れません。仏道に向かおうとする吾に反対する人々への抗議の気持ちと、放埓な生活を送る甥への憤りとの二つのことが吾の心を揺さぶっています。それゆえにこの文章を作ったのです。あらすじを言いますと、兎角公という人物の家に亀毛先生という儒学者を招き、次に虚亡隠士という道教の修行者を迎え、それぞれ儒学と道教の要点を主張させ、最後に仮名乞児と呼ぶ青年僧侶を登場させて仏教の主旨を説き明かせて、放埓な青年蛭牙公子を誡めるという物語です。文を綴って三巻とし「三教指帰」と名付けました。ただひとえに吾のやみがたい気持ちをあらわしかっただけであります。決して他の人々に覧てもらおうなどと思っているわけではありません。

時に延暦十六年十二月の一日です

（訳　加藤純隆　加藤精一）

そして、三教指帰は本題へと入るのであるが、先に空海があらすじで述べているように、三教の教えを、三人の架空の偉人を登場させて、物語風に描いているのである。第一幕から三幕まで、あたかも舞台で演ずるような戯曲的な物語である。第一章亀毛先生論、第二章虚亡隠士論、第三章仮名乞児論として、それぞれ展開していくのである。

空海は、心に思い続けた考えを吐き出すように筆を下ろし、この物語を六か月で書きあげた。

空海は、心の中がすっきりしたような達成感に浸った。

外は雪が舞い、寺院の屋根を白く覆っていた。

「だいぶ冷えるな」

勤操は、空海の居る部屋へとやって来た。

「勤操さま、吾は、また旅に出ようと思っています」

「藪から棒にどうした。また旅に出てどうしようと思うのだ」

「はい。大安寺で三年の間、修行させていただきました。もっと広く見聞を広げたいと思うのです」

「そうだな。いまこの時代は南都六宗が幅を利かせておる。その力が大きくなれば天皇はすぐに都を遷される。この考えはよくない。都はしっかりとしていなければ、また戦が始まるだろう」

勤操は、政（まつりごと）の危うさを思った。

「はい。六宗のすべてを知りたいとも思います」

「三論宗、成実宗、法相宗、倶舎宗、華厳宗、律宗の六宗か」

「はい。さすれば、それぞれの考え方が理解できると思います」

「理解してどうする」

「はい。理解すればその解決策が見つかると思うのです」

「なんと、六宗をまとめるというのか」

「それは無理にございます。人の考えは一つにはなりません」

「ではどうするのか」

「どうにもしません。ただ知ることが必要と思うからです。はじめに日本の仏教のもとになる東大寺の盧舎那仏について、より深く知りたいと思っております」

「華厳宗か」

「はい。万民の心を虜にした仏、即ち大日如来です」

「確かに聖武天皇が造ったとされる仏像だが、国難において民を一つにしたかったのだろう」


　東大寺の仏像は、七四七年（天平十九年）に始まり七五二年（天平勝宝四年）に大仏開眼が行われた。大仏殿が出来たのは七五八年（天平宝字二年）である。

　聖武天皇が開基で、開山は初代別当良弁（ろうべん）である。華厳宗は唐から日本に持ち込んだ審祥（しんじょう）僧により、良弁に伝えられ広まった。

空海が東大寺で修行し始めたのは、十代別当の堪久の時である。この時は、まだ自分が三十六歳という若さで、東大寺の十四代別当になるとは夢にも思っていなかった。

「空海か」

堪久は、空海が大寺戒壇院で具足戒を授かり空海と名を改めた時に出会った。「空海にございます」

「虚空蔵求聞持法を百万回唱えたとか聞いている」

「はい。室戸崎の洞窟にて」

「さようか……ところで何故にこの東大寺に身を寄せた」

堪久別当は、今までに見たことのない体からにじみ出る霊気のような独特の雰囲気を、空海から感じていた。

「はい。華厳宗は、密教に通じるところがあり、深く知りたいと思い入門いたしました」

「密教に興味があるのか」

「はい。虚空蔵求聞持法もまた密教と同じく真言を唱え悟りの境地に入ります」

「確かに。だが華厳宗は、密教とは異なる。呪文のようには唱えない」

「華厳とは、雑華（ぞうか）をもって仏を荘厳（しょうごん）すること。仏は時間と空間を超えた仏」

空海は、すでに華厳経を読破していた。

「うむ」

堪久別当は、返す言葉がなかった。

ある日、空海は大仏殿で大仏を見上げていた。

「この大仏は、聖武天皇が、国民をまとめるために造られた」

空海が見上げていた大仏の前に来て声をかける僧がいた。

「この大仏は、盧舎那仏。この華厳宗は、密教と何がちがうのでしょうか」

空海はその僧侶に聞いた。

「天竺から伝わった密教もこの華厳宗も本尊は同じ毘盧舎那仏（びるしゃなぶつ）。ただ密教は魔訶（まか）盧舎那仏という。華厳宗では、光明遍照（こうみょうへんしょう）という。つまり太陽の光を意味する。密教においても、魔訶（まか）毘盧舎那仏は、偉大な太陽の光を意味し、その化身が大日如来を意味する。つまり仏は同じでも、華厳経の毘盧舎那仏は、無限の修行をして悟りを啓き、蓮華蔵世界の教主になられた姿が毘盧舎那仏で、あまねく光を照らし衆生の願いを叶えてくれる。密教の大日如来は、真理そのものの人格で、宇宙の生命そのものになる。

魔訶とは偉大で華厳経の上を行く密教なのだ」

「では、密教は、聖武天皇の時代から普及していたわけですか」

「いや、密教と華厳経はある程度、似てはいるが華厳経では真言を唱えない。また七重塔の屋根の一番上にある相輪は、九の輪がついて居る。それも五大如来と四大菩薩を意味している。一番目が大日如来である。すべては華厳経の教えである」

ちなみに相輪の頂点にある丸いものを宝珠と言い、その下にある丸いものは竜車、そして飾り羽根のようなものを水煙、その下の九つの輪が、大日如来、阿閦如来、宝生如来、阿弥陀如来、不空成就如来、普賢菩薩、文殊菩薩、観自菩薩、弥勒菩薩である。

宝珠は、災難を防ぎ、濁水を清くする意味を持ち、竜車は、天子の乗り物、水煙は、火災を防ぐを意味する。

「では、密教なるものは、日本では誰が伝えているのでしょうか」

「残念ながら、まだ日本ではあまり普及しておらん。書物も多くはない。唐の国では、恵果という阿闍梨がいる。なんでも千人の弟子を持つと言う」

阿闍梨とはサンスクリット語で、アーチャーリア、軌範師と漢訳する。先生の意味である。仏教では弟子を教える範となる師、高僧を言う。

「恵果阿闍梨……」

空海は、その人物を思い巡らした。

この頃、七九七年（延暦十六年）蝦夷征討にまだ手こずっていた朝廷は、坂上田村麻呂（さかのうえたむらまろ）を征夷大将軍として一万四千の兵を率いて京都を出て、奥州の首領である阿弖流為（あてるい）の討伐に向かった。この任命は桓武天皇である。阿弖流為が降伏するのは五年後の八〇二年（延暦二十一年）である。

空海は、久米寺にいた。現在の奈良県橿原（かしはら）市久米町である。

久米寺は五九四年（推古天皇二年）頃、聖徳太子の弟だった来目皇子（くめのおうじ）の創建といわれる。なぜ空海はこの寺に来たかといえば、東大寺でも探したが見つからなかった大日経の写しがあるということを東大寺の僧侶に聞いたからである。

久米寺はすでに二百年以上経つ古寺でもある。空海はその古刹の門をくぐり広い中庭に出て、方丈の建物へと向かった。

「何かご用でも」

玄関に出てきたのは小柄で年老いた住職だった。

「吾は、東大寺で修行しております空海と申します。密教の経典でもある大日経の写しがこの寺にあると聞き訪ねて参りました」

「確かに大日経の経典はあるが、それを見てどうしようというのだ」

「はい。現在の六宗に代わる新たな宗教を模索いたしております」

空海は、仏教のような釈迦という人を信仰するような宗教とは違って、全宇宙の絶対的神の存在こそ真の宗教であり、密教こそこれからの宗教だと思っていた。

「これが大日経であるが」

住職が奥から出してきたのは大日経と表書きしてある書物であった。

空海は、その書物を見た瞬間に胸の中で何かざわつきを覚えた。

空海は、大日経を見るのは初めてであった。おもむろに書物を開いた。

大毘盧遮那成仏神変加持経巻第一（だいびるしゃなじょうぶつしんぺんかじけいかんだいいち）

入真言住心品第一（にゅうしんごんじゅうしんほんだいいち）

如是我聞　一時簿伽梵　住如来加持広大金剛法界宮　一切持金剛者皆悉集会

如来信解遊戯神変生大楼閣宝王　高無中辺　諸大妙宝王種間飾　菩薩之身為

師子座

かくの如く我れ聞けり　一時　薄伽梵は如来の加持する広大金剛法界宮に住したもう　一切の持金剛者は皆悉く集会す　如来の信解遊戯神変より生ずる大楼閣宝王は高くして中辺なし　諸の大妙宝王をもって種々に間飾し　菩薩の身をもって獅子座となす

このように吾は伝え聞いている　永劫のある時　尊き師（大日如来）である如来は不可思議な力のはたらきを加えて、広大にして金剛のように堅固不壊なる真理の世界の宮殿に住しておられた。すべての金剛杵を手に持つ者は皆残らず集まり会った。如来が悟りに至るまでを確信し、自由自在に超人的な能力を働かすことによって生ずるところの（如来の智慧という）すばらしい財宝の王がおさめられている楼閣は、高くて無限であるから、その中間がない。さまざまな大きくて妙なる財宝の王をもっていろいろに美しく飾り、菩薩の身体を獅子座とされている（訳注　宮坂　宥勝）

空海は夢中になって読み進めた。

集まった四大菩薩の前で尊き師は真理の教えを説いた。さらに金剛杵をもつ十九人の者たちの前でも説いていた。

すると一人の金剛杵を手にする者が仏に言った。

「尊き師よ、全智たずね求めるのは誰ですか、悟りを成就するのは誰ですか。智慧を得よう決意するのは誰ですか」

仏は言います。

「秘密主よ。自らの心に、悟りと全智とを求めるのである。なぜなら人は誰でも自らの心というものの本来の性質は清らかなものであるからである」

空海は、だんだんと深く心に沁みるものがあった。そして確信ともいう言葉に出会った。

心不在内不在外　及両中間心不可得　秘密主　如来応正等覚　非青非黄
非赤非白　非紅紫非水精色　非長非短　非円非方　非明非暗　非男非女非不
男女

心は内に在(あ)らず外に在らず　及び両中間(りょうちゅうげん)にも心は不可得なり
秘密主よ　如来応正等覚(にょらいおうせいとうかく)は青にあらず黄にあらず　赤にあらず白にあらず

紅紫（こうし）にあらず水精色（すいしょうじき）にあらず　長にあらず短にあらず　明にあらず暗にあらず
男にあらず女にあらず　不男女にあらず

「では、心はどこにあるというのだ」

　空海は叫んだ。

「空海どの、そのように興奮されてどうしたのじゃ」

　夢中になって大日経を読んで叫んだ空海に驚いて住職は言った。

「いや、これは面白い、是非これを写させてほしい」

「う～ん」

　突然の申し出に住職は迷った。

「これを読破するには、まだ一か月はかかります。さすればこの寺にも迷惑をおかけします。七日の猶予をいただければ、いや三日でもいただければ」

　空海は、諦めなかった。

「しかし、これは寺の秘物でもあるからな。そう簡単には……」

　住職は渋った顔をした。

「この空海、これから新しい宗教をめざしたいと思っております」

「新しい宗教とな？」

「はい。日本ではまだなじみのない密教なる宗教です。そのためにも密教の経典ともいえるこの大日経は、読破しなければなりませぬ」

空海は、二十四歳で書いた三教指帰には、儒教、道教、仏教の中で一番すぐれているのは仏教と書いた。しかし、いまこうして読んでいる大日経は、仏教よりもっと大きな存在であることが分かった。

「う〜ん。あい分かった。空海とやら、この経典は持ち出し厳禁ゆえ、ここで写経されよ」

「許していただけるのですね。かたじけのうございます」

空海は、久米寺に三日間滞在し、寝る間も惜しんで写経した。

第五章　遣唐使

一

大日経は、難解だった。そもそも、大日経は天竺国（インド）を起源とする経典である。サンスクリット語で書かれたものを、漢語に訳したもので、それをまた日本で写した物が伝わっている。そのために脱字や誤字が目立つ書物でもあった。空海はそうした書物の解読に限界を感じはじめていた。

空海は、大安寺の勤操（ごんぞう）を訪ねた。

「東大寺での修行は終わったのか」

「はい。今は唐招提寺にて鑑真（がんじん）和尚が唐から持参した書物を見聞しております」

「して今日は、何を聞きに参った」

勤操は、空海が会いに来るときは、何か聞きたいことがあると思っていた。

「はい。大日経のことですが、いまいちわからない部分があり、できれば梵字（ぼんじ）での書物を読みたくなり、どこかにその書物がないかと」

「なに、梵字となの。はて梵字を読める僧がおったかな」

勤操は、少し考えるように目をつぶった。

「おう、天竺から来た僧侶が一人いた。しかし梵字で書かれた大日経があるかどうかだ」

「たしかに、めったにお目にかかれぬ書物かと」

「日本にはそうした書物はなかろう。漢訳さえ少ないのだから」

「天竺から来た僧に一度会ってみたいと思うのですが」

「いいだろう、紹介しよう」

数日後、空海は天竺から来た僧侶と会った。

「圓如(えんによ)と申します」

天竺から来た老僧侶は空海の前で両手を合わせ深々と頭を垂れた。

「空海です」

空海もまた同じように頭を下げた。

「吾に梵字を習いたいとのこと」

「はい。梵字もさることながら、梵字で書かれた大日経を探しております」

「梵字で書かれた大日経ですか。そのような書物は、この日本に伝わってはおりません。すべて唐から伝わった漢訳です。唐に渡って手に入れるほかに手段はないと思いますが」

「遣唐使として渡る以外にないと」

空海は、遣唐使の仲間に入るには厳しい検査があることは承知していた。

一介の僧侶が簡単に遣唐使の仲間にはなれなかった。

最後に遣唐使船が唐に渡ったのが、二十年前であった。もうそろそろ遣唐使が派遣されてもおかしくない時期であると、空海は思っていた。

学生時代は、唐への関心はなかった。異国の歴史が日本に役に立つのか疑問であった。だが今は、天竺から伝わる仏教が、唐に渡り漢訳され日本に伝わった。

この偉大な大陸から密教を日本に伝えねばならないと思っていた。

もし遣唐使船が出ることが決まれば、それに便乗したいと願っていた。そして唐で新しい密教を知りたかった。それまでに梵字を勉強しようと空海は、この圓如に一年間学んだ。

そもそも、遣唐使は、唐への外交使節団である。当時は、唐の皇帝へ貢物（みつぎもの）を持っていくのが慣例である。帰りは、貢物の数倍から数十倍の見返りがあるのである。唐の国では、王化思想と言って、徳治主義を基本としているために、相手方に貢物への数倍の返礼品を下賜する。それによって唐の国の偉大さを相手国に知らしめることが出来た。

当時、日本からの皇帝への貢品は、

銀……五百両　対馬産

水織あしぎぬ……美濃のあしぎぬ　二百疋（ぴき）（反物の単位）

綵帛（さいはく）……平織の絹　二百疋

畳綿（たたみわた）　屯綿（とんわた）……平たく畳状にした綿

海石榴油（つばきあぶら）……椿油

紵布（ちょふ）……布

瑪瑙（めのう）……玉に似た貴石　北陸や山陰地方が産地

金漆（こしあぶら）……コシアブラの樹木から採る樹脂液

などであるが、全国からこれらの品を取り寄せるのではなく、当時は租税として朝廷が納入させた品々である。それらはほとんどが一次産品である。

それに対して、唐からの返礼品は、陶器、琵琶（楽器）、銀食器など、加工された最先端の製品である。

ある日、大安寺の勤操から、遣唐使船が計画されている話を耳にした。

「それはまことですか」

「確かな筋から聞いた話だから間違いない」

「では、いつ出航なのですか」

空海は焦った。もしこの話が出た時には、乗組員がすべて決まっていたら、自分は行くことが出来ない。

「まだ、決まってはいない。ただ大使には藤原葛野麻呂（ふじわらのかどのまろ）が任命されるらしい」

藤原葛野麻呂は、名門藤原北家の出で従四位下の位で公卿である。

「派遣される人たちはもう決まっておりますか」

「いや、それもまだ決まってはいない。そもそも、いま船を四艘建造中らしい。四艘建造ということは、四百人から五百人ぐらいの人数になるはず」

「では、その中に入るにはどうすれば良いでしょうか」

「空海も唐に渡りたいのか」

「はい。この目で見たいと思います」

空海の決心は固かった。

「しかし、遣唐使になるには、朝廷の許可を受けなければならぬ。また階位や学歴も必要だ。お主のような大学寮を退学しているものには厳しいものがある」

勤操は、空海が遣唐使になるのは無理だと考えていた。

「吾は、誰よりも唐の言葉を知っております。また梵語も学びました。是非にも唐に渡りたいのです」

「空海がどうしても遣唐使の仲間に入りたいのであれば、それなりの人の推薦状が必要であろう」

「それなりの人とは？」

「朝廷に顔の利く人じゃ」

空海は、勤操の言葉に伯父である阿刀大足の顔を思い出した。

大足は、桓武天皇の第三皇子の伊予親王の待講を務めた学者である。

空海は、大学寮に入るために尽力してくれた大足の意志に反して、二年で辞め、山岳修行などして今まで暮らしてきた。今度は遣唐使の仲間に入れてくれと頼める柄ではないと分かっていた。もう何年も会っていなかった。

空海は、東大寺の十一代源海別当に願いに行った。

堪久は延暦十七年まで別当を続け、新たに別当になったのが源海である。

「そうか、空海は唐に渡りたいのか。それにしても多くの僧侶も願いに出ている。そうたやすく行けるものではない」

空海の唐への願いは、ここでも難しいと思えた。

「吾は、単に唐へ見聞に行くものではありません。唐の新しい密教なる宗教を日本に広めるために勉強に参ります」

「密教なる宗教は、確かに今、勢力を伸ばしている六宗に対抗しうる宗教かもしれぬ」

源海もまた、天皇が幾度となく遷都しているのは、この六宗の勢力のせいでもあると感じていた。

「すでに、大日経も理趣経（りしゅきょう）も読破しております」

「もし、空海が新しい宗教を広めて、南都六宗に対抗できる勢力を作れるなら、天皇も喜ぶであろう」

「では、是非に遣唐使の仲間に入れるようご尽力いただければ」

「して、遣唐使船はいつ出航するのか」

「はい。それは分かりません。四艘の船で行くとか」

「今回は、最澄という高僧も行くと聞く。桓武天皇のご意向とか」

「最澄といえば、比叡山に一乗止観院を設けた」

一乗止観院とは、最澄の死後、延暦寺と名付けられた寺である。

「そうじゃ、今は天皇のお后の相談役となっている」

源海は、空海が唐に渡るには、大使に任命された藤原葛野麻呂に推薦状を書くか、または天皇に直訴する以外に方法はないと考えていた。

空海は、久しぶりに阿刀大足の屋敷を訪ねた。

「ご無沙汰しております」

空海は、頭を下げた。

「うむ。久しぶりだな。両親も心配しておった。息災で何よりじゃ」

大足は、久しぶりに見る空海を見つめた。

「いま、名を空海と改めました。東大寺で具足戒を受け僧侶となりました」

「官僚の道を捨て僧侶となった訳は……」

「伯父上には、申し訳ないことを致しましたが、大学寮で学ぶにつれ、階位の違いが嫌というほどわかり、学問に身が入らず、我身の修行に勤めました」

「空海は、幼い時から仏が好きな子であったな。両親もいずれは僧侶になるだろうと思っていた」

「はい。吾もよく覚えております」

「して、今日は何か相談でもあるのか」

　大足は、急に訪ねて来た訳が知りたかった。

「実は、遣唐使船がこの度出るそうなのですが……」

「おう、存じておる。二十年振りじゃのう」

「それに乗りたいのです」

「お主は唐に渡りたいと」

「はい。唐で新しい密教について学びたいのです」

「何と、密教を……」

「伯父上はどう思われます」

「密教は唐では最近勃興した宗教だが、もともと天竺から伝わった大乗仏教であり、古い歴史を持つ。今は恵果という僧がまとめているそうだ」

「それは聞き及んでいます。その恵果阿闍梨に会いに行きたいと思っております」

「それで遣唐使になりたいと」

「はい。伯父上の力で何とかその仲間に入ることはできないでしょうか」

「唐に渡るには金もかかる。当てはあるのか」

「ございません」

「お主はまだ無名じゃ。最澄のような高僧ともなれば朝廷の金で行けるが、たとえ唐に渡ったとしても、無名な空海は留学僧としてであろう。さすれば二十年間の滞在になるが、覚悟を決めておるのか」

「二十年ですか。二十年もあればしっかりと密教を学べます」

「空海はいくつになった」

「はい、二十九歳になりました」

「これから二十年間唐に渡れば五十歳で帰国するようになる。人生が終わるやもしれぬ。それでも良いのか」

「もし帰国前に命が消え失せたなら、それも運命にて悔いはありません」

空海は、本心からそう思っていた。唐に渡るということ自体、命がけの船旅であった。

「では、あとは費用であるな」

大足は少し考えている様子だった。

費用は、唐へ渡るまでの費用である。唐に渡ってからの生活費や移動費用は唐の負担で賄われた。だが、その唐までの費用が馬鹿にならない。

空海は、久しぶりに実家へ手紙を書いた。唐へ渡るための費用が必要だったからである。だが、そう簡単に費用を出してくれるとは思っていなかった。

十六歳から家を離れ、阿刀大足の所で漢学を学び十八歳で大学寮に入り、二十歳で退学して、その後十年間音信不通になっていた。親としてみれば親不孝な息子になるはずである。それが急に手紙でお金の催促である。手紙によって生きていたことだけは証明できたが、どうやって親を説得できるかであった。

親からの返事は、二か月経っても何もなかった。

遣唐使船の建造は進んでいた。四艘で行くことで決定し、派遣人数も五百人と決まった。そのうち、船を動かす水手（かこ）（漕ぎ手）や役人、僧侶、通訳、陰陽師、医者など最低限必要な人数を確保し、そのあと、絵師やその他の職人などを選定、最後に留学僧を選定する。

この少ない人数の留学僧の選定に空海は入ろうとしていた。狭き門である。

空海は、東大寺別当の源海に呼び出された。

「今回の唐への派遣人員は、残念ながらすでに締め切っているとのことじゃ」

「えっ、では唐へは行けぬと……」

空海は、断腸の思いだった。もう後がない。このままでは密教は布教できない。そう思うと、ふと密航という言葉を心の中で思った。

「空海、お主なにかよからぬことを考えておるのではないか」

源海は、空海の心を見透かして言った。

「お言葉を返すようですが、このまま唐へ行けなければ、吾の人生は終わります」

「ただ、密航だけはおやめなさい。見つかれば処刑となり、また成功したとしても唐の国に入ることは出来ぬ」

「なぜでございます」

「唐に入国するには、印符が必要だ。それが無ければ上陸もできない。国と国との約束がある」

空海は、もう諦めるほかなかった。生きる望みを断ち切られた思いだった。

八〇三年（延暦二十二年）四月、第十八次遣唐使船団の四艘が、灘波津（なにわづ）港に真新しい姿を浮かべていた。

第一船には、桓武天皇から節刀を与えられた大使である藤原葛野麻呂が乗船。

節刀とは、全権を与えるとしるした刀である。いわゆる全権大使を意味する。

第二船は、副士である。副士は大使より位階が下の高官が任命される。

第三船、第四船に乗るのは、行政官、判官などである。五百名を有する大使節団である。

「船が出航するぞ！」

大きな叫びが港に響いた。船は第一船から静かに動き出した。見送りに来た人たちは船に手を振っていた。空海は、未練が残るのか遣唐使船を見送るためにこの港にいた。船がだんだん沖へと向かって小さくなっていく姿に、空海は自然と涙が溢れてきた。自分の努力ではどうしようもない時世の動きを止めることはできないもどかしさを感じていた。空海は、大和（奈良）へ戻った。

二

遣唐使船は順調に瀬戸内海を航行していた。

五日目の事だった。急に嵐に巻き込まれ、海に投げ出された者、数しれず、悲惨なこととなった。また四艘ともに帆が壊れ、航行不能に陥った。まだ五日目ということは、瀬戸内海を出ようとしていた時であった。幸いまだ日本の海だった。四艘は、近くの港へと引き返した。

当時の船は、技術が未熟でよく船体が壊れることがあった。

今回もまた帆が折れ、仕方なく手漕ぎをして航行するほかなかった。

遣唐使船は、四艘とも航行不能になるほど船体は痛めつけられ、修理にも時間が必要だった。水主も三分の一ほどの犠牲者が出た。さらにこの遭難で唐に行くことを辞退した者も出始めた。

慌てたのが、朝廷である。急いで再募集をしなくてはならないことになった。

「空海、喜べ空きがでた」

知らせてきたのは、東大寺別当の源海である。

「空きとは？」

空海は、まだ知らなかった。

「うむ、遣唐使船が遭難して引き返した。それで欠員が出たらしい」

「えっ、欠員？　では……」

「まだ行く気はあるか」

「むろんです。この空海、命を懸けても行きたい所です」

「あい分かった。大使に懇願してみよう」

「して、今度いつ出航となるのでしょうか」

「それはわからぬ。ただ四艘も壊れてしまった以上、修理にはだいぶ時間がかかるやもしれぬ」

「これは、吾が唐へ行くための定めかも知れませぬ。いや天からの贈り物かもしれませぬ」

「仏が味方したと」

「はい。大日如来が、我身に命じているのでございます。空海よ唐へ行けと」

空海は、そう信じていた。一度諦めていた唐への憧れは、いま実現しようとしていた。この奇跡を何と説明できようか。空海は密教への信仰を篤くした。

それから二か月後、空海は源海別当に呼び出された。

「他でもない。唐に渡る件だが、大使に直接手紙を書いた。この東大寺で稀に見る秀才で優れた僧侶がいるので、留学僧として加えてくれとな。そうしたら返事がきた」

「何と返事がきたのでございますか」

「うむ。吾の頼みなら断ることは出来まいとな」

源海の顔がにこやかになった。

「では、行けるのですね」

空海は興奮を抑えられなかった。

「しかし、喜んでばかりはいられない。金がかかる……」

源海は、こんどは渋い顔になった。

「金……」

空海は親に手紙を出して金銭を要求していたが、まだ返事がないことを思い出した。

「当てはあるのか」

「まだありません」

空海は少し間をおいて言った。

「この東大寺といえども、大金を持っているはずもなく、官費で生活しているようなものであるからな」

出したくとも出せない言い訳をした。

「いくら必要でしょうか」

「二十年ぶりじゃからの。よくは知らないが、銀百両、あしぎぬ百疋(ぴき)、絹百反ぐらいであるか」

一反とは、決まった定めがなく、着物が一枚縫えるくらいの丸めてある着物の生地を一反という。疋とは、着物と羽織の両生地一着分である。

「そんなにかかるのですか」

　空海は、親にお金の無心をしたものの、具体的な金額は示していなかった。

「留学僧は、長期滞在でな、少なくとも二十年の在唐になる。いまはそれ以外に遣唐使船に乗ることはできない」

「はい。分かっております」

　空海はこの機会を逃したら、いつまた遣唐使の派遣があるかわからない。二十年は長いようだが、二十年ぶりの唐への派遣である。千載一遇の機会である。

　この機会を逃したら、自分の密教への道は絶たれるという思いだった。


　空海は、また伯父である阿刀大足の屋敷に出向いた。

「遣唐使派遣の際は、ご尽力たまわりました。しかし残念ながら定員がすでに決まり、派遣員にはなれませんでしたが、今回、船が故障して途中で引き返してきました。そして欠員が出た分の補助員募集で、東大寺別当の源海さまのお力により、唐への留学僧に選ばれました」

　空海は、大足の前で一気に喋りまくった。

「さようか。それはめでたい。して金か？」

「はい。どうしても費用がかかります。空海、唐から帰国後、必ず出世いたし、返済いたしますので、是非にでも工面してただきたくお願い申しあげます」

空海は、深く頭を下げた。

「吾もいくらか力にはなるが、妹夫婦、いわば空海の親に出してもらわないとな。吾からも手紙を書いておこう」

「以前、吾も手紙を書いて費用の負担を願いいたしておりましたが、返事がありませんでした。さぞ吾の気ままな行動に腹を立てているのでしょう」

「確かに、空海の行動は親不孝ものだからな。吾とて不満がある」

大足もまた、大学寮に入るために尽力した。

「今までの恩は決して忘れはいたしませぬ。空海一生かけて恩返しいたす覚悟です」

「まぁ良い。吾からも妹の玉依に言っておこう」

「かたじけのうございます」

空海は深々と頭を下げた。

遣唐使船の改修工事には時間がかかっていた。

二度目の船出は、翌八〇四年（延暦二十三年）七月六日灘波津に修理を終えた四艘の船が浮かんでいた。第一、二船の主な乗組員は次のようであった。

第一船　大使　藤原葛野麻呂（従四位下　五十歳）
　　　　録事　山田史大庭
　　　　官吏　橘　逸勢（従五位下　二十三歳）
　　　　留学僧　空海（私度僧　三十一歳）
第二船　副使　石川朝臣道益（従五位下　四十歳）
　　　　判官　菅原朝臣清公（従五位　三十四歳）
　　　　請益僧　最澄（内供奉十禅師の一人　仏教界の名士　三十八歳）

第一船には留学僧の空海が乗り、また橘逸勢も乗っていた。官吏とは、いまでいう官僚である。後に平安の三筆といわれる嵯峨天皇、空海、橘逸勢である。

第二船には、最澄と、菅原朝臣清公が乗った。

最澄は、還学僧で短期間一年から二年で帰国する。また旅費は朝廷が負担し、通訳人付の待遇である。一方、空海は留学僧で、滞在期間二十年、費用は自己負担である。

一介の無名の空海が第一船に乗れたことは、歴史的運命というほかない。

また、第二船に乗った菅原清公は、大学寮で大学頭の部屋に呼ばれ、空海は一度会ったことがある。文章学生で特待生である。この時、唐に渡る気持ちを聞かれたことがあった。空海は、唐に関心がないと言った記憶がある。しかしいま、二人ともこうして遣唐使として船に乗り込むことになった。

「この日を待っていました」

空海は、感無量の心地だった。

「これでしばらくはお別れだな。吾とは生きて会うこともなかろう。達者で暮らせよ」

付き添って灘波津港まで見送ってくれた阿刀大足は、今生の別れと思って空海の肩を軽く叩いた。

「これもひとえに伯父の力添えがあったからこそ。空海全力で勉学に励んでまいります」

唐への費用は、大足の説得で両親が渋々大金を支払ってくれたおかげで乗ることができた。

「船が出るぞ！」

船頭が大きな声を張り上げた。船は帆を風になびかせゆっくりと岸壁を離れた。

「いよいよ日本と別れ、これから二十年という月日を唐で暮らすのか」

空海の思いは複雑だった。

船は、灘波津港から瀬戸内海を通り、九州小倉を経て大海原に出る。

出航して間もなく、一人の若い官吏が空海に話しかけてきた。

「今回は留学僧としての留学とか。しかし二十年間は長くありませんか」

「長いと思えば長いし短いと思えば短い」

空海は、心がけ次第だと思っていた。昔に吉備真備（きびのまきび）が唐に渡って十八年もの間に学んだ。さらに再度入唐している。それを思えば大した年数ではないと考えていた。

「申しおくれました。吾は橘逸勢ともうします。同じく留学生ですが、語学はあまり得意ではありません。それゆえ今回は、琴（きん）（弦楽器）や書を学びに留学いたしました」

「吾の名は空海。琴も書もこれからの日本には必要です。是非学んで日本のために尽くしてください」

空海は、この若者に大きな期待を寄せた。

「それにしても、唐への航行が長い道のりですね。一度嵐に遭って引き返したと聞きます。渡航も命がけで怖いですね」

逸勢は、若いだけに死に対する恐怖心があった。

「さよう。唐に渡るには命がけです。それが成就するかしないかは、運命に任せるほかありませぬ。すべて仏の御心」

空海は、腹を決めていた。すべては運命であると。

船は、大海に出た。内海とは違って、大海は荒れて船は左右に大きく揺れていた。船酔いする者もいれば、熱を出して寝込む者もいた。

航海して七日目、また嵐に遭遇した。

一艘に百二十人乗り込んでいるので、大きな騒ぎとなっていた。

「帆をおろせ、帆をおろせ！」

乗組員の一人が大きな声を出していた。その中で風は強く吹き、雨も横なぐりに叩きつけていた。船は大きく左右に揺れ、また上下にも大きく揺れていた。水手（かこ）（漕ぎ手）の二十人ほどは、船上で風にあおられた帆をたたむのに必死に動いていた。

「舵がきかない！」

誰かが叫んだ。

乗っていた陰陽師の人は、身体を大きく横に振られながら、この嵐を鎮めようと一心に祈りを唱えていた。

「大使！　大使！」

また誰かが、大使を呼んでいた。

大使としても、こうなった以上どうすることもできず、ただ船の揺れから身を守ることに必死だった。

空海もまた身体を柱に縛り付け、この嵐を鎮めるために両手を合わせ祈った。

嵐は一晩中吹き続けた。翌朝やっと嵐は静まり穏やかになったものの、他の船は見当たらなかった。四艘の船はばらばらに漂流し始めていた。

空海を乗せた船は、風にあおられ漂流して、いまどこを航海しているのかわからなくなった。

「よくぞ頑張ってくれた。皆に礼をいう」

大使はみんなの前で力強く言った。一度、嵐に遭い、やむなく引き返した経験から、また引き返したら天皇に申し訳ないという思いがあった。それだけに航海を続けられたことに安堵した。

「助かった」

橘逸勢は、命拾いしたというように胸を撫でおろした。

「まだ航海は、はじまったばかり、これからまだまだ試練が待っていよう」

空海は、覚悟を決めていた。

「随分と流された」

航師（船長）は、地図上で船の位置を確認していた。

その頃、最澄を乗せた第二船もまた漂流を続け、第一船よりもさらに遠くへ流されていた。一方、第三船、第四船は、日本へ引き返していた。

四艘はいずれもばらばらの状態で、日本に帰った船の人々からは、第一、第二の船は遭難したのではないかと言われていた。

空海の乗った船は、三十日間漂流を続けた。その間、見えるのは海だけで、食料も嵐の日に流されたり、腐ったりして百二十人分の食料は不足していた。

「これではみんな死んでしまう」

一人の乗組員が、あまりの食料の少なさに文句をつけた。

「いや、もっと食料を積んでくればこういうことにはならなかった。大使の責任だ」

今度は、大使に向かって文句をつけた。

「そうだ。食料が足りなすぎる」

他の乗組員もそれに同調した。船内は不穏な空気が漂っていた。

空海は、それを見て立ち上がり、

「皆の衆、この船は嵐に遭い何とか沈没せずに済んだ。いわば命を救われた。そのことに感謝しなければならない。空腹は一時的なもの。我慢できないものではない。命を取られるほどの空腹は、なにも食べず、飲まずであれば三か月後に命は絶える。いまは少しでも食べられることに感謝しなければならない時である。生きる希望を持つことが大事である」

そう言うと、辺りを見渡した。

僧侶の恰好をした空海の説教に皆が静まりかえった。

「陸地が見えるぞ！」

乗組員の声が聞こえてきた。

みんなは甲板に出て遠くを見つめた。小さく黒い塊が見えてきた。

「どこの陸地でしょうか」

橘逸勢は、独り言のように言った。

「本来なら揚子江に着くはずであるが」

大使は呟いた。

島はだんだん大きくなってきた。

「いずれにせよ、唐の国に着いたならよしとせねば。これがまた日本に逆戻りなら不運だ」

空海は、島を見つめていた。

島は、次第に大きくなり建物が見えるようになってきた。その建物は十重塔の石でできた建物で、まさしく唐の国であることが分かる。

「やっと唐に着いた」

乗組員の声と共に笑顔が見えた。

船は三十四日漂流して八月十日に陸地に着いた。

日本から不審船がたどり着いたとして、すぐには上陸できず、船内に留めおかれる羽目になった。

「いったいここはどこなんだ」

「ここは赤岸鎮（せきがんちん）です」

「赤岸鎮？　では揚子江からは百二十五里（五百キロ）も南に来たということか」

船師は驚きを隠さなかった。

「われわれは、日本の公式の遣唐使である。上陸の許可を願いたい」

「遣唐使では、国書か印符をお持ちか？」

「印符は、残念ながらない」

この当時、国書は持参しないのが慣例であり、印符は第二船の判官の菅原清公が持っていた。

「では、日本の使節団として認めることはできぬ」

役人は上陸を認めてくれなかった。

困り果てたのは大使である。

「最澄さえいればな」

最澄は第二船に乗っていて、この第二船はどこに行ったか皆目見当がついていなかった。大使は、最澄こそ頼りになる存在だった。

空海は、その状況を見ていたが沈黙していた。それは、空海は身分的には低かったし、大使は空海の存在すら頭になかった。だが、大使が嘆願書を書いても文章や字があまりうまくなく、かえって怪しまれることとなり、窮地に追い込まれていった。

「大使」

声をかけたのは橘逸勢である。

「何か策でもあると言うのか」

「いや、このままでは埒があきません。この船に空海という僧侶が乗っています。この空海は大学寮で優秀な成績を収めており、その後、僧侶の道を進みましたが、漢語に優れ、見事な文章を書きます」

「空海というのか」

「はい。留学僧として派遣されております」

「留学僧では、たかが知れておる」

大使は、簡単に言い切った。

「いや、大使。一度書かせてみたらどうでしょうか。その文章を見てから役人に提出するか決めればよいこと」

「うむ、それもそうだな。空海とやらをここに呼んでまいれ」

大使は、上からの目線で言った。

「空海か」

「はい。空海にございます」

空海は、堂々とした姿で大使の前に立っていた。

「そちは、漢学に優れておると聞いたが」

「はい。漢語なら問題なくできます」

「では、今の状況は分かるな。上陸が出来るよう嘆願書を書いてくれまいか」

「はい。吾でお役に立つならばお書きいたしましょう」

空海には自信があった。それは唐の人たちの胸に迫る文章を書けば納得させることが出来るという自信だった。それは大安寺に居た頃、唐の僧侶と接して学んだことだった。

空海は、まず唐は偉大な国であることを褒めたたえ、日本はこの百年随の国から学び、いま再び唐へ渡って学びに来ていることを主張した。そして苦難の末唐に着いたもののまだ上陸さえできない不運を嘆き、国に対してわびたいと懇願した。

大使は空海が書いた文章を見て感服した。

「見事な文章じゃ」

そして再度役人に提出した。

役人は、その格調高い名文、筆の達筆さに目を見張った。海賊ではこんなに格調高く歴史を書くことは出来ないと判断した。

すぐに唐の都である長安に使いを出した。返ってきた答えが、国賓として迎え入れよという指示であった。役人の態度は一変した。

国賓待遇ということで、ここから五百里（二千キロ）も離れた長安に行くことになった。

船に乗ってきた百二十人の内、長安に行けるのは、大使の随行員、上級官吏、また留学生や留学僧ら二十数名である。残りの人たちは、船の修理や船荷などの準備をして待つ。二十数名の中に空海も入っていた。上陸の際の嘆願書を代筆することによって、大使からも認められ、側近として大使の通訳もやるようになった。長安への旅は馬車や船に乗っての旅で、五十日かけて長安に入った。長安に着いたのは十二月二十三日で、日本を出てから半年が過ぎていた。

第六章　長安

一

長安は、東西十キロ、南北八キロの城郭を張り巡らした世界最大の文化都市である。また中央には宮殿があり、東側には貴族や役人が住み、西側には庶民が住んでいた。また僧侶が住む寺院も数多くあった。

第一船の乗組員は、長安に着いた。一方、第二船は、嵐に遭いながらも漂流せずに、百五十キロも北の明州の寧波（ねいは）という町に第一船よりも一か月早くたどり着いた。第二船は、印符を持参していたので、問題なく上陸でき、長安には空海らよりも一か月も早く入っていた。

しかし、最澄は長安には向かわず、反対に南下して台州の天台山に向かった。最澄の目的は天台宗にあり、そこでの経典を持ち帰ることにあったからである。

第三船、第四船は、結局、嵐に遭い遭難して日本に戻り、唐への航行は諦めた。

十二月二十四日に大使である藤原葛野麻呂は、唐朝第十二代徳宗（とくそう）皇帝に接見するために貢物を持って宮殿へと向かった。随行員は第一、二船の大使、副使、判官、官吏、通訳、それに留学生や留学僧などで総数四十三名である。空海も一緒だった。

翌日、皇帝主催の晩餐会に招待された。空海は初めて唐の料理を味わった。

「真魚どのか？」

その席で声をかけてきた者がいた。

「……」

空海は一瞬、真魚と言われて、随分と昔の名前を言われた気がしたが、顔に見覚えがあった。

「菅原清公です。以前大学寮で出会った」

「あっ、あの時の！」

空海も思い出した。十年前に大学寮の阿保朝臣人上に呼ばれて、遣唐使になる気はないかと聞かれた時に出会った得業生である。

「久しぶりにございます」

菅原清公は懐かしそうに言った。

「今は、空海と名乗り僧侶となりました」

「大学を辞めたのですか。それは惜しいことをいたしました。それにしても遣唐使としてお会いできるとは奇遇です」

「いや、吾は留学僧として来ております」

「吾は、判官として朝廷にご奉公しておりますが、留学僧という大変な費用をかけてまで来られた理由とは」

「密教を知るためです」

「さようでしたか。ではまた帰国したらお会いいたしましょう」

「またお会いできるか分かりませぬ。二十年という留学が課されています」

「二十年ですか。いや二十年後に立派な僧侶となり、日本に尽くされることを願っています」

菅原清公は、そう言って自分の席へ戻って行った。


空海たちの宿泊さきに、渤海国（ぼっかいこく）の第八代国王の言義（げんぎ）が訪れた。渤海国は七世紀に即位した武則天（ぶそくてん）（則天武后（そくてんぶこう））が唐と対立して作った国である。中国史上唯一の女帝である。

中国の東部に位置する国で、日本とも交流があった。ただ短命で六九八年から九二八年の僅か三十年で国は滅びてしまう。

渤海の国王が訪ねて来た理由は、十年前の七九五年（延暦十四年）に日本に派遣された使節団が出羽の国に漂着したが、その時に平安京に手厚く迎え入れて国賓として待遇され、また船を新しく建造して帰還させてくれたことへのお礼である。

年が明けて八〇五年（延暦二十四年）一月二十三日に唐の十二代皇帝徳宗が病に倒れ亡くなった。六十歳だった。

遣唐使一行は、徳宗皇帝の葬儀に出席するために長安に残った。

葬儀の後、すぐに皇帝になったのが、徳宗の長男で十三代皇帝順宗である。

しかし、この順宗は、就任して間もなくして脳溢血で倒れ、言語障害となる。

そのために息子の憲宗に皇帝を譲位する。順宗は八か月の短い皇帝となり、十四代皇帝に憲宗がなる。まだ二十七歳の若き皇帝である。

一方、滞在期間二十年という留学僧の空海は、長安の西明寺を止宿（仮住まい、居住）とした。

西明寺は、玄奘三蔵が設計し、高宗が建立した大寺である。

玄奘三蔵は西遊記にも登場する三蔵法師である。六二九年に天竺に渡り、サンスクリット語の経典を多く持ち帰り漢訳した。高宗は唐の三代皇帝である。

「この寺は、なんとなく大安寺に似ている」

空海は、建物の配置や作りが似ていると思った。それもそのはずである。日本の大安寺は、この西明寺を模して作られているのである。

「こんにちは」

一人の老僧侶が、空海に声をかけた。

「日本語ができるのですか」

空海は、驚いた。

「はい。吾は永忠（ようちゅう）といいます。日本人です」

空海は、二度驚いた。唐人の雰囲気を醸し出していた。

そういえばこの寺は、遣唐使が来るたびに留学僧が止宿する所と聞いていた。

「吾は空海。留学僧です」

「吾はここに来て三十年になります。この度の船で日本に帰ります」

三十年と聞いて、このような日本人がいることに三度驚いた。

「吾が乗ってきた船で帰られるのですか」

「はい。この寺は昔から日本の留学生を受け入れてくれる有り難いお寺です。何不自由なく暮らせます。しっかりと学んでいかれるが良いです」

「吾は密教を学びに来ました」

「密教ですか。それは良いものを学びに来られた。いま、この国では最大の宗教になっており、恵果阿闍梨は千人の弟子をお持ちとか」

「その恵果阿闍梨はどこに住んでおられますか」

「青龍寺（せいりゅうじ）という所に住んでおります」

「お会いすることは出来るでしょうか？」

「難しいかも知れませぬ。あの方はとてもお忙しい方で、よほどのことが無ければお会いすることは叶いません」

空海は、唐でも有名な阿闍梨の恵果では無理もないと思った。では、会うためにはこちらの気を惹かねばならないと考えていた。

空海は、まず気になっていたのが、天竺の言葉である。

「永忠どの、ここらで梵語を学べるところがありますか」

「天竺の言葉ですか。では醴泉（れいせん）寺の般若三蔵（はんにゃさんぞう）、牟尼室利三蔵（むにしつりさんぞう）という優れた僧がいます。その方たちは天竺の僧です。紹介いたしましょう」

「かたじけない」

三蔵とは、律蔵、経蔵、論蔵の三蔵に精通した人のことを言う。

醴泉寺は、空海が止宿としている西明寺からほど近い所にあった。

空海は、永忠と共に、醴泉寺にやって来た。そして般若三蔵と面会した。

「今日は、頼みたい事があって参った」

「頼みたい事？」

初老の般若三蔵は、隣にいた空海に気づいた。

「この度の遣唐使船で、日本から留学僧がやって来ました。この若者に天竺の言葉をお教え願いたい」

「天竺の言葉を？」

般若三蔵は、空海の顔を凝視した。

「空海と申します。この国の密教を学びに参りましたが、漢訳の密教ではなく、本来の密教を学びたく天竺の言葉を学びたいと願っております」

「漢訳も優れた書ではあるが、なぜに天竺の言葉か」

般若三蔵は、疑いのまなざしで言った。

「はい。大日経は、日本には漢訳しかありませんが、誤字が多く理解しがたいものなのです。それゆえ天竺の言葉で読みたいと願っています」

「なに！　漢訳の誤字が多いとは、空海とやら漢語が分かるのか」

般若三蔵は、驚きを隠さなかった。

「はい。日本にも多くの僧侶がこの国から渡ってきており、そこで漢語を習いました」

「では、空海とやら天竺語をお教えいたしましょう」

般若三蔵は、天竺語を教えてほしいと言った日本人は初めてであった。空海を見てその才能を感じた。

それから空海は、寝る間も惜しんで梵字を習った。

空海は、唐に来て猛烈に勉学に励んだ。梵語は日本にいた時、大安寺の圓如に習っていたこともあって、三か月で梵語を完璧に覚えた。

また大日経の中でも重要な理趣経（りしゅきょう）や金剛頂経（こんごうちょうぎょう）も会得した。さらに、曼荼羅（まんだら）図というものを初めて見た。

日本には経典は写本として入ってきてはいたが、曼荼羅図は見たことがなかった。この曼荼羅図は、金剛界曼荼羅（こんごうかいまんだら）と胎蔵界（たいぞうかい）曼荼羅の二つからなる世界である。それが多くの仏の姿で表されていた。密教経典に展開される教義を、仏たちの画像表現によって描かれているのである。

空海は、すべてが新鮮であった。新しい学問に触れた思いだった。

五か月間、寺院に籠って勉学に励んだ。その結果、自分でも分かるほど、多くの知識を得ることが出来た。

唐や天竺の僧侶は、空海の理解の早さ知識の多さに驚き、日本から仏の化身が現れたと噂になった。その噂が長安中の人々に知れ渡るようになった。それは空海その人を一回りも二回りも大きく見せる結果となった。

ある日、空海は青龍寺の阿闍梨恵果に会いに行こうと決めた。

会うためには、人づてに頼まなければならない。空海は、梵語を習った般若三蔵に頼んだ。しばらくして会う約束が取れた。

空海は、会いに行くために、衣を新しく作った。すべては自分を良く見せるための作戦である。

青龍寺は、西明寺ほど大きな寺院ではなかったが、趣のある寺であった。

空海は、般若三蔵と共に恵果に会った。恵果は椅子に座り、にこやかな顔をして空海を見つめた。この時、恵果は六十歳、空海三十二歳である。

「我、先に汝が来たることを知りて相待つ久し。今日相見(あいみ)ゆること大いに好し、大いに好し」

「この空海もまた、阿闍梨に会うことを望み叶えられ、喜びにたえません」

空海は、頭を床に付けるほど低くして挨拶した。

「報命（現世の寿命）、まさに竭きなんとするに、付法（弟子に教えを伝え、布教を託すこと）に人なし。必ず須く速やかに香花を弁じて灌頂壇にはいるべし」

恵果は空海と初対面ながら、若く全身からみなぎる風格、品格すべてを一瞬にして感じ取り、空海の人となりを知り言った。

灌頂壇とは、伝法（仏の教えを師から弟子に伝えること）や授戒（戒を授かること）、結縁（仏教と縁を結ぶこと）など受法者（灌頂を受かる者）の頭に香水を注ぐ密教の儀式のことである。つまり恵果は空海を後継者と認めたことである。

恵果は、般若三蔵から、天竺語（サンスクリット語）を三か月で会得した空海は、仏の化身という他に言葉が浮かばないほど優れていると聞き、また密教の経典も誰よりも理解していると聞いていた。

恵果は、空海と面会したときはすでに病に侵され数か月の命となっていた。

「空海、汝は、これより先、我の言葉を一子相伝の如く聴き入れよ」

密教は、代々師から弟子へ阿闍梨位を相伝することで引き継がれてきた。

例えば金剛頂経系の法の伝授をみれば、その第一祖は大日如来であり、以下、金剛薩埵、龍猛、龍智、金剛智、不空と続き、第七祖が恵果である。不空までは、来唐した天竺の僧であり、恵果が唐人として初めて受け継いだ阿闍梨である。

その阿闍梨の位を日本人である空海に引き継ぐということは、第八祖師が空海ということになる。

空海は、毎日、恵果のもとを訪れ、教えを乞うた。

「空海よ、我が弟子は千人を下らない。その中で七人ほど、法灯を譲ることを伝えてある。だが、最後の伝法灌頂（でんぽうかんじょう）にまでは至っていない。それはなぜか、空海が来ることを我は知っていたからである」

伝法灌頂とは、阿闍梨の最高位を授かる儀式のことを言う。

恵果は、望んでいた後継者が現れたことを喜んでいた。

「恵果阿闍梨に会うために、吾は命がけで日本からやってきました」

「我の命は幾ばくも無い。空海が現れたことは、大日如来の思し召し。これで我は往生できる」

「恵果阿闍梨。最後に一つだけ教えを乞うことがあります。仏には、どうすればなれるでしょうか」

「密教の教えは、大日如来という永遠の真理そのものを表した仏身がみずから悟りを説く」

「その悟りとは」

「即身成仏。すなわち悟りの境地である。生きて仏になる」

「生きて仏？」

空海は、驚いた。

「さよう。大日如来と結合することじゃ」

宇宙の仏である大日如来と現世に生きている人が自然の中で一体になる。

生きたまま成仏するということである。

即身仏と即身成仏とは違うのである。即身仏は、死んだのちミイラにして祀る。密教でいう即身成仏は、生きたまま息絶えることである。

恵果から空海は五か月ほど密教についていろいろと講義を受けた。

阿闍梨となった空海は、千人からいる恵果の弟子の頂点となった。

「空海よ。我の教えをよくぞ会得した。もうこれ以上教えることはない」

「この五か月の間、教えを乞うてこの空海、生まれ変わりました」

「空海よ。我が教えた密教を日本でも遍(あまね)く人々を救うために広げよ」

恵果は、密教を日本で広めよと空海に告げた。

「はい。千年も万年も続く密教にしてみせます」

空海の決意は固かった。

やがて、年が暮れる十二月十五日、恵果は入滅した。六十歳の生涯だった。

出会いから半年後の死だった。

空海は、恵果の葬儀を仕切ることになったが、日本から突然やって来て、たったの六か月で千人の頂点の阿闍梨になったことへの不満も高まって、恵果の死後それが噴出した。

「空海という奴は、本当は魔術師で恵果阿闍梨は騙された」

法灯を授かっていた七人の中の一人、永文（えいぶん）はそう思っていた。

「確かに、異国の人を密教の阿闍梨に選んでよいものか。どうしたら空海を追い出せるか」

永文に同調する弟子たちも空海を追い出すことを考えていた。

ある日、永文は、空海に会って言った。

「あなたは日本人。この国の千人の弟子たちをどう導いていくのか教えを願いたい」

「吾も悩んでいる」

空海は、たしかにこの国の人々をどう導いていくか悩んでいたところであった。

「悩んでいては困ります。あなたは阿闍梨なのですから」

永文は、皮肉ともとれる言い方をした。

「吾は、恵果阿闍梨から日本でこの密教を広めよと言われた。それを実行しなければならない。この国の密教は、あなた方に託す以外にないでしょう」

「それでは……」

永文は、空海の意外な言葉に動揺した。

「吾がこの国を離れる時に、あなたに伝法灌頂を授けましょう」

「なんと、この吾に?」

永文は、感情が高ぶった。

「さよう。あなたなら千人の弟子たちをまとめあげられるでしょう」

空海は、自分に反感を抱いている人たちの中で永文がその指導的立場にあり、それを押さえれば抵抗勢力はなくなると考えていた。

「それで、いつ日本に帰られるのですか」

「それは、日本から遣唐使船が来なければ帰れません。以前は二十年も前に来たきりでしたから」

「すると二十年はこの唐に滞在するおつもりか」

永文の顔が曇った。

「いや、早ければ来年あたり、遣唐使船がまたやって来る気がいたします」

空海は、自分が唐に渡った時、第三船、第四船が嵐に遭い途中で日本に引き返した。この船がまた唐に来ると確信していた。

「そうですか」

永文の安堵した様子が分かった。

「永文どの、それまで吾を補佐してはくれまいか」

「わかりました」

永文は深く頭を下げた。


唐には珍しく雪が降っていた。恵果が入滅してから二か月が経っていた。

「遣唐使船が昨年末にやってきているとか」

教えてくれたのは、遣唐使船で一緒だった橘逸勢だった。

遣唐使船は、空海が予期していたより早く、唐に渡ってきていた。

昨年の十二月末に、すでに明州に上陸していたという。

「早いな。するとこの唐に着くのは二月頃だな」

明州から長安までは二千キロも離れている。二か月はかかる旅である。

「空海どのは、どういたします」

橘逸勢はその船で帰国するのか聞いた。

「まだわからぬが、絶好の機会でもある」

空海は、留学僧として二十年滞在義務を課せられている。それを破れば罪となることを知っていた。橘逸勢も同じである。だが、空海は密教について十分な知識を得た。むだに二十年の歳月をこの国で過ごしたくはなかった。

遣唐使団の一行は二月の半ばに長安に着いた。情報によれば、先の遣唐使大使の藤原葛野麻呂の帰国によって、唐の皇帝徳宗が亡くなり、新しく長男の順宗が皇帝に即位した。しかし即位してまもなく脳溢血で退任し、新たに息子の憲宗がなったことへの祝いのためであった。今回は一艘のみで、高階遠成（たかしなのとおなり）を判官とする一行である。

だが憲宗の父の順宗が、八〇六年二月十一日に遣唐使が長安に入る直前に崩御した。四十歳だった。

高階遠成一行は、皇帝即位の祝賀ではなく、弔事に参加する羽目になった。

そして、皇帝の葬儀のために慌ただしく動いていた。

空海は、しばらくは皇帝の葬儀や新しい皇帝への貢物など、大使は忙しい日々だろうと静観することにした。空海は唐の皇帝から帰国許可を得たいと考えていた。唐に滞在して生活費は唐国から出ていたからである。

また帰国申請は日本の代表である遣唐使大使が申し出る決まりになっていた。今回で言えば高階遠成判官ということになる。

新しく皇帝になった憲宗はまだ若い。その皇帝にどうしたら日本に帰れるよう陳情書を書くか、空海は考えていた。また、空海は判官の高階遠成と接しておかねばならないとも考えていた。

「逸勢どの。お主は官吏だ。高階判官に会うことは出来よう」

空海は、逸勢に言った。いわば役人同士である。この時代は位が重んじられていた。

空海はまだ日本では一介の私度僧でしかなかった。

「それは、何とか会うことは出来ますが、何を申しあげるのですか」

逸勢は、まだ若い官吏である。判官と対等に話せるわけではなかった。

「この空海を紹介してほしい」

空海は、高階判官とはどういう人物か会ってみたいと思った。

若い逸勢が、高階判官の所へ行って空海を紹介したいと言っても、埒があかないことは分かっていた。そこで空海は、逸勢に手紙を渡して、高階判官に届けてもらうことにした。そうすれば手紙ぐらいは読むだろうと考えた。読んでもらえれば、会いたくなるようになる。その文面を考えればよい。

高階判官一行は、長安の迎賓館に滞在していた。そこへ逸勢は、先に遣唐使として来唐していて、ある僧侶から判官に手紙を渡すように言い付かってきたことを告げて手紙を渡した。

ところが、手紙はすべて篆書体（てんしょたい）で書かれており、さすがに日本の遣唐使では理解できなかった。そこで通訳として同行した唐人に読んでもらうことにした。

それは空海の戦略でもあった。篆書体とは、中国最古の文字で、漢語を崩したような書体で、日本では印鑑などで今でも使われている文字である。

「なんて書いてあるのだ」

高階判官は、聞いた。

「空海という人物は、まさしく才能あふれた人物。唐人でもこのような格調の高い文面、きれいな文字、そして篆書体で書き、さらに密教の阿闍梨の称号、すべてにおいて日本人とは思われぬ人物にございます」

「意味がわからん」

高階判官は苛立ちながら言った。

「はい。この空海という人物は、留学僧として昨年唐に渡ったそうですが、この一年で、漢語をすべて理解し、梵語も会得し、さらに密教の恵果阿闍梨の後継者となったと書いてあります」

「それで、なにが言いたいのじゃ」

「恵果阿闍梨に、密教を日本にも広めよと言われているそうです。空海曰く、日本の六宗に対抗する密教を広め、宗派が権力を持たぬようにすることが大事で、天皇にもすぐに日本に密教を広めよと言われているとか」

「なに天皇が……」

天皇という言葉に、高階は敏感に反応した。

「その空海とやらは、留学僧であるな。しからば二十年の滞在なはず」

高階は、そう思っていた。

「しかしながら、空海は今度の船で密教の経典数百冊を日本に持ち帰るそうです。これには時間がないそうです」

「取り返されるというのか」

「そこまでは書いていませんが、もしかしたらそうかも知れません」

通訳の唐の人と高階判官の会話は、ここで止まった。

「では空海という人物に一度会ってみよう」

高階判官は、この眼で空海という人物を見ないうちは信用できないと思っていた。

「空海にございます」

迎賓館を訪れた空海は、高階判官の前に立った。

深紫の衣をまとい、手には五鈷杵(ごこしょ)を持ち、その姿は神秘に満ちたものだった。

五鈷杵とは、密教における最高のもので、阿闍梨しか持ちえない物であった。両端が膨らんでいて五つに先端が分かれ五仏を意味する。中央が手に持つように細くなっていた。大きさは三十センチぐらいの金剛具である。

高階判官は、その姿に、一瞬後ずさりするように圧倒された。

「お主が、空海か」

そう言うのがやっとだった。

「この空海、二十年という留学でありながら、二年で帰国するとは、闕期(かつき)の罪に問われるのは必定。その罪を負ってでも帰国せねばならない天下の布石でございます」

闕期とは、欠けるという意味である。二十年の滞在を破ることは死に値するということである。

「なに！　天下への布石とはどういうことだ」

「都を安定せねば国は発展いたしませぬ。その原因は六宗にございます」

「たしかに、天皇は六宗が政へ介入するのを恐れて都を転々と遷してきた」

「その六宗に代わる宗教は密教で、二十年という歳月を無駄にしとうございませぬ」

「それが布石ということか」

「はい。天皇のためにでもあります」

「しかし、吾からは許可ができん。戒律を破ることになるからな」

高階判官は、役人でもあり融通が利くはずもなかった。

「もちろん。判官にご迷惑をおかけするわけにはまいりません。しかし、唐の皇帝から許しを得れば、判官の責任ではございません」

「なに、皇帝から……」

「はい。皇帝にはすでに帰国の申請書を出しております」

「して、許可が下りたのか？」

「それはまだにございます」

空海は、唐においては知る人ぞ知る人物になっていた。皇帝の耳にもすでに入っていた。皇帝への手紙は、唐の阿闍梨として日本で密教を広げたいという思いを綴り、二十年という歳月を無駄にするわけにはいかないと訴えていた。

二

空海は唐にいる間、多くの密教に関する書物を集めるのに東奔西走していた。

ある日、越州という所の龍興寺に順暁という僧侶がいて、最澄に密教を伝授したということを空海は耳にした。

「密教は一つの宗教ではないのか」

空海には、ふとそう思う気持ちが浮かんだ。

越州は、長安からは、二百五十里（千キロ）以上離れた明州の近くの州である。

空海は、もし帰国が許されれば、明州から船に乗ることになるので、その途中立ち寄り確かめたいと思っていた。

遣唐使は、本来は順宗の皇帝就任祝いのはずだったのが、一年という短い在任で逝去。祝いのために二か月かけて唐に渡ってきたのに、弔問となってしまった。

それから、一か月が経ち、順宗の長男憲宗が、第十四代皇帝に就いた。まだ二十代の若さである。空海は、この若い皇帝に手紙を送っているのである。

この時、空海は自分一人の帰国ではなく、留学生として一緒に唐へ渡った官吏の橘逸勢も一緒に帰国できるように取り計らっているのである。

皇帝の即位に出席した高階遠成一行と空海もまた密教の阿闍梨として出席を認められていた。宴会の席で、皇帝の憲宗が空海を見つけて近寄ってきて、

「帰国しようとするのは道理である」

この言葉を聞いた空海は、我意を得たりと確信した。こうして二十年という留学僧に課せられた義務から空海は解放されて、帰国船に乗ることが認められた。

もし、ここで帰国が認められなければ、遣唐使船が次にくるのは、三十三年後の八三九年（承和五年）であった。空海は、六十五歳となり、日本での密教は普及しなかったかもしれない。その後、唐が滅亡し、日本からの遣唐使船は廃止になった。

高階判官一行が唐に来てすでに五か月が経っていた。

皇帝への挨拶が終わると、高階遠成一行は、帰国の準備を始めた。

帰国するには、長安からまた二千キロも南の明州まで戻らなくてはならない。

明州をでるのは八月と決まった。残り半年である。

空海は、その間にいろいろな密教の仏典をかき集め、または書写して多くの書物を日本に持ち帰ろうとしていた。これには橘逸勢も協力した。

橘逸勢は、空海と共に平安の三筆と言われた人物で、書に優れていた。

空海は、高階遠成一行と共に、帰国のため明州へと向かっていた。

明州の隣の州が越州である。空海は明州に向かう途中気になっていた龍興寺の順暁に会いに行った。

「日本からの客人は二人目である」

「二人目とは」

空海は、この言葉を聞いて、最澄が訪ねていたことを察した。

「一年ほど前に最澄とか言う、日本では高名な僧であると聞いている。ご存じだろう」

順暁はそう言って空海を見た。

「最澄……」

遣唐使として同じ船に乗ってきたのかと思ったが記憶がない。しかし最澄のことは知っていた。

「そのお方に密教を伝授した」

空海は驚き、密教を先に日本で広められたらという思いが一瞬脳裏をかすめた。

「吾の密教は、長安にいる恵果とは違う善無畏（ぜんむい）から始まる密教である」

順暁はそう言った。

空海はその言葉を聞いて、密教の本筋から離れた密教であると、心の中で思った。しかしすでに帰国している最澄が、その密教を世間に知らしめていたなら、本流である自分の密教を広めるのは容易ではないと、幾分焦りを感じていた。

空海は龍興寺を後にして、遣唐使船の待つ明州へと向かった。

明州にはすでに高階遠成一行が帰る準備をしていた。空海と橘逸勢は船に乗り込んだ。船は一艘である。

二か月後、嵐にもみまわれず無事に九州の博多津に着いた。

「やっと日本に着いた」

空海は、晴れやかな気分になった。

二十年という歳月を無駄にせず、ついに自分の目的を達成できた思いだった。

密教という新しい宗教を日本で広め、多くの庶民を救うことができると夢を膨らませていた。

しかし、その夢を打ち壊す事態が起きた。

「空海を都に入れること相ならぬ」

朝廷から届いた命令書である。

「なぜだ！　唐の皇帝から帰国命令が出ているのだ。なぜ都に入れぬ」

空海は、納得がいかなかった。

「日本の戒律では、留学僧は滞在二十年という約束がある。それを破ることは戒律に違反する」

朝廷は頑として受け入れなかった。

空海は、「請来目録（しょうらいもくろく）」を書いた。それは朝廷に申請するためである。この請来目録とは、唐から持ち帰った膨大な経典四百冊の本や仏具などの品目をすべて列挙した物である。さらに二十年という滞在期間に匹敵する知識、書物などを、空海は二年で成し遂げたと主張した。

だが、六か月が経っても朝廷からの返事がなかった。空海は博多津に据え置かれたままだった。

空海が、遣唐使として唐に渡った八〇四年は、桓武天皇の時代であった。

ところが帰国した八〇六年（延暦二十五年）四月に桓武天皇は崩御された。天皇在位二十五年、六十九歳の生涯であった。

新たに第五十一代天皇に即位したのは平城(へいぜい)天皇（桓武天皇の第一皇子）である。三十二歳と空海と同じ歳である。天皇即位と共に元号も大同元年となる。

この平城天皇が、桓武天皇が亡くなったことで、いろいろ女性問題を起こすのである。そのことで空海の事は後回しになっていた。

そもそも平城天皇は、藤原薬子(くすこ)の娘と結婚しておきながら薬子とひそかに関係を持つようになる。

桓武天皇はそのことを知り、薬子を追放する。ところが亡くなったことで、平城天皇は、また薬子を呼び戻すのである。

平城天皇の在位期間は五年と短いが、宗教のことには関心がなく、薬子との愛欲に溺れていた。

ある日、平城天皇は最澄を呼び出して、

「高階一行が唐から帰還したが、その中で空海という人物から変な手紙が届いた」

そう言って、最澄に見せた。それは請来目録である。長い文章に、長い書物の目録がついていた。最澄はその文章を読み、本の目録を見て驚いた。

「この空海という留学僧はいまどこに」

「二十年という戒律を破り二年で帰国したので博多津に留め置きになっておる」

天皇は宗教には関心がなかったので噂で聞いた話をした。

「ぜひ都にお呼びくだされ」

「なぜにだ」

「二十年という滞在を二年で帰国したことは、戒律を破ることにはなりますが、経ったの二年でこれだけの書物を集め、また恵果阿闍梨から密教を継ぐとは、信じられないことにございます」

「密教とは、そんなに凄い宗教なのか」

「この最澄も天台山で密教を学びましたが、空海という人物ほど学んではいません」

「では、どうすれば良い」

平城天皇は、空海の処遇について手を拱いていた。

「まずは、空海の課役の任を解き、闕期の罪をも解くことにございます」

「罪をすべて解くとな」

「これがもし本当なればこの最澄、いまだにこれだけの多くの書物を見たことがございません。きっと日本に一大旋風を起こすやもしれませぬ」

「空海という人物は、それほど凄いのか」

「おそらく……」

「最澄と同じような宗教を起こすというのか」

「はい。新たな宗教を起こすやも知れません。それは南都六宗に対抗する宗教かも」

「なに、南都六宗に対抗するとな？」

「この最澄の天台宗と二分する宗教になるやも知れませぬ」

最澄にしてみれば、空海という名も知れぬ人物をまだ信じ切れてはいなかったが、本当ならば自分と同じ密教を、いや自分を凌ぐ密教を知っている可能性があると思った。最澄は空海を意識し始めた。

「あい分かった、最澄の言う通りにいたそう」

平城天皇は、これまで南都六宗に政（まつりごと）が左右されてきただけに、新たな宗教で対抗できれば、という思いがあった。福岡に留め置きになっていた空海を京に戻すことを決めた。

第七章　最澄との出会い

一

都に入ることを許された空海は、和泉国の槙尾山寺（まきのおさんじ）に身を寄せることになった。

和泉国はいまの大坂府和泉市である。槙尾山寺は、空海が二十歳の頃、大安寺の勤（ごん）操（ぞう）に出家剃髪をして沙弥戒を受けたところでもある。勤操が管理する寺でもある。この寺で空海は、唐から持ち帰ってきた仏典の整理にかかった。

「久し振りに会うのう。元気そうでなにより。生きてこの世では会えないと思っていた。よくぞ帰れたな」

声をかけたのは、勤操である。この時、勤操は五十五歳で、空海も三十五歳となっていた。

「はい。二十年という滞在を二年で帰国いたしました。しかし、福岡に三年留め置きになりました。都に入れたのも勤操禅師のおかげでございます」

空海も懐かしさのあまり、顔が緩んだ。

「いや、空海が帰国したと聞いて驚いた。しかも謹慎の身とか。なんとかせねばとな」

「はい。規律を破り、罰を覚悟で帰りました」

「ところで、何を整理しているのだ」

「はい。唐から持ち帰った仏典や経典、仏具など様々な物を整理しております」

「密教に関する書物がこんなにもあるのか」

勤操は床一面に並べられている書物に驚いた。

「はい。これでも少ない方です。天竺の経典はまだ足りません」

「なに、天竺の本とな。空海は天竺語が分かるのか」

「はい。唐にて天竺の僧侶に学びました」

「よくぞ、あの変な難しい言葉を覚えたな」

「日本人には変な文字に見えても、天竺の人々には慣れた文字ですから」

空海は、さらりと言った。

「近頃、最澄が、比叡山に天台宗を開いたそうだ」

天台宗は、もともと南北朝時代から随にかけての僧、智顗（ちぎ）が開いた。

智顗は、天台山に登り法華経を根本仏典として唱え、天台山に住んでいたことから天台宗と呼ぶようになる。最澄も空海と共に唐に渡った時、空海とは行動を別にして、天台山に登って天台教を学んで帰国。最澄は帰国後八〇六年、比叡山にて天台宗を開くのである。

「すると密教も……」

「そうだ。天皇の母の病を治すのに、密教とやらを唱えているそうな」

空海は、唐にいた時、越州の龍興寺の順暁から聞いた話を思い出した。

「すでに日本では、密教は広がっていると」

「いや、まだ民らにまではいっていない。ただ六宗に対抗しうる天台宗として大いに期待されている」

「では、天皇とか」

「もちろんだ。六宗には手を焼いているからな。最澄は最も信頼されておる」

この六宗とは、三論宗の大安寺、成実宗の元興寺、法相宗の薬師寺、倶舎宗の興福寺、華厳宗の東大寺、律宗の唐招提寺などである。これらを称して南都六宗と呼ぶ。この六宗が政治に口を出すようになり、権力を持ち始めると、天皇は危険を感じ、都を移してしまうのである。四十年間に四回も移しているのである。そうした権力闘争から、天皇は天台宗や真言宗の普及に力をいれていくのである。のちに、空海の開いた真言宗の聖地高野山は、嵯峨天皇から授かったものである。

最澄の天台宗、空海の真言宗を平安仏教と呼び、六宗を区別して奈良仏教と呼ぶようになる。

「この度の入京には、その最澄禅師の尽力があったと聞いています」

空海が、博多津に留め置かれた時に、最澄は空海が持ち込んだ仏典の目録を見て天皇に嘆願して入京が許された。

「一度、最澄に会ってみるが良い」

勤操は、空海に勧めた。

「最澄……」

空海は、まだ会ったことのない最澄という人物を想像した。

槇尾山寺で仏典の整理をしていた時、一人の若い僧侶がやって来た。

「空海禅師であられますか。わたくしは実慧（じつえ）と申す者。讃岐国の出。勤操僧から紹介され参りました」

空海は、大安寺に空海と同郷で好感の持てる若い僧がいるので、仏典の整理など身の回りの世話をするのに適任ということで紹介したい旨、勤操から手紙をもらっていた。

「お主か」

空海は、会った瞬間に気に入った。それは直観だった。

この若者が、空海の最初の弟子となり、空海が亡くなるまで世話をするのである。

この時まだ二十歳である。

「実慧は、いつから大安寺で世話になっている」

「はい、十五の時からです」

「では、これからは、新しい密教を学ぶが良い」

「密教ですか」

「そうだ。日本の民に広く伝えねばならない」

空海は、そう思いながらも、まだ密教を宗教として確立していなかった。

空海は、うっそうと茂る木々の間の山道を歩いていた。

標高百八四十メートルの山の中腹の寺を目指した。ここは比叡山という山である。

最澄の居る天台宗の寺である。

「最澄座主はご在宅か」

「どちらさまで」

「空海と申す」

「えっ、あの空海さま」

若い修行僧は驚いたような顔をして少し頭を下げて、奥へと引っ込んで行った。しばらくして、中へ通され座主の居る部屋へと案内された。

「空海と申します。一度、最澄座主にお会いいたしたく、またこの度は、戒律を破ったこの空海を助けてくださり、そのお礼も併せて参上いたした次第です」

空海は、深々と頭を下げた。

その空海の仕草を漏らさず見ていた最澄は、

「最澄です。よくぞ来られた」

そう言って、空海をねぎらった。

二人は、初めて対面したが、心は穏やかな雰囲気に包まれていた。

「遣唐使船では、お互いに別々の船でお会いできませんでした」

空海は、第二船に乗っていた最澄とは顔を合わす機会がなかった。

「ところで、恵果阿闍梨から伝法灌頂を受けたとか」

「はい。一子相伝の如く」

「さようか。それにしても、たった二年で伝授できるものなのか」

最澄は、半信半疑の気持ちで聞いた。

「いや、二年ではございません。吾は、二十歳の頃より山岳で修行いたし、虚空蔵求聞持法を百万回唱え、さらに大日経やあらゆる経典を読破いたし、漢学も梵字も習いました」

「……」

最澄は、空海の言葉に声を失った。

「空海どのは、いずこの生まれか」

「讃岐国にございます」

「さようか」

最澄は、空海が自分を脅かす存在になるかも知れないと思った。

「最澄座主は、唐から密教を持ち帰り、朝廷に広められているとか」

空海は、どこまで密教について知っているのか問い質したかった。

「天台山で、順暁について一年間学び灌頂を授かった。空海どのほど密教については、浅学非才である。それにしても、あれだけの多くの書物をよくぞ日本に持ってこられましたな」

「はい、恵果阿闍梨の遺言に沿って、吾はできるだけ多くの経典を持って帰るべく、かき集め書写いたしました」

「遺言とな」

「はい。恵果阿闍梨は、吾に日本で密教を広めよと言われました」

「さようか、これからの日本の新たな仏教の勃興に吾とともに尽くそうではないか」

最澄は、七歳年下の空海を見下げるように言った。

だが、最澄は自分の宗教を超える密教への怖さもあった。

「空海どのは、これから新たな密教の宗派を作りなさるのか」

「はい。真言密教を作りたいと思っています」

「真言密教とな」

「はい」

真言とは、仏陀の言葉を漢訳せず天竺語（サンスクリット語）のまま音写した呪文のようなものをただ唱えることで、直観的に仏を感じることを求めた事をいう。最澄は天竺語が読めない。それゆえ、漢訳した密教で、空海のように梵語で唱えることができなかった。

のちに最澄の天台宗の密教は、弟子の円仁（えんにん）が唐に渡り密教を本格的に学び、天台密教として栄えていく。

一方空海の密教もまた、庶民に広く伝わるようになり、嵯峨天皇より官寺だった東寺を下賜され、そこで密教を栄えさせる。

天台宗の密教を「台密（だいみつ）」と呼び、空海の密教を「東密（とうみつ）」と呼ぶようになる。


八〇九年（大同四年）第五十二代嵯峨天皇が即位する。平城天皇は最澄を優遇し空海は冷遇されていたが、この即位による嵯峨天皇との出会いが空海の運命を大きく左右し歴史に残ることになる。平城天皇は病を理由に嵯峨天皇に皇位を譲ったのである。

嵯峨天皇は、即位するとすぐに空海を呼び寄せた。

「そちが空海か」

「空海にございます」

空海は、深々と頭を下げた。

「空海は、密教なる新教を起こしたとか」

「はい。六宗に替わる新しい宗教にございます」

「なにが違う」

「わが密教は、大日如来を仏としております。即ち太陽神にございます」

「なに！　太陽が神と申すか」

「東大寺の盧舎那仏は、その太陽の神を表した仏にございます。六宗は、人が厳しい修行の後、救われるもの。密教は、真言を唱えれば人は救われます」

「すると修行はすることがないのか」

「真言を唱えさえすれば、すべての人々が救われます」

「空海よ。それが新しい宗教とな」

「密教は、国家の安寧、五穀豊穣を祈願し、民の心を豊かにするための宗教。決して政（まつりごと）に関与するものではありません」

「政に関与しないと」

嵯峨天皇は、空海のひたむきな宗教への理念を理解したのか、そう言った。

「この空海、天皇のため、民のため全身全霊この身を捧げ、仏に帰依する覚悟でございます」

この言葉を聞いた嵯峨天皇は、今までの宗教とは違った新鮮さを感じ取った。

間もなくして嵯峨天皇は空海に高雄山寺（たかおさんじ）（京都市左京区）に住むよう命じる。

この高雄山寺は、最澄に好意的だった和気清麻呂（わけのきよまろ）の氏寺（うじでら）である。

清麻呂は、従三位の公卿の地位まで上り、七九九年（延暦十八年）に亡くなる。清麻呂の死後、長男の弘世（ひろよ）が継ぎ、最澄専用の住房を作り待遇する。

しかし、天皇から空海が高雄山寺に住むように言われると、和気氏も最澄も快く空海にあけ渡す。

それは天皇が、最澄の天台宗の比叡山と空海の住む高雄山寺を、二大宗教とする意図があったからだ。従来の南都六宗に対抗する勢力にすることだった。

また、最澄にとっても、空海が唐から持ち込んだ仏典を見たい思いもあった。

高雄山寺に住んで二か月が経ったある日、空海のもとに、最澄からの使いが来た。

「最澄座主より預かってきたものにございます」

そう言って、書状を空海に手渡した。

その表紙には「借請法門事（しゃくしょうほうもんじ）」と書いてあった。つまり本を貸してくださいという事である。中を開くと、借りたい本の名が書かれていた。

密教経典十二部、その他五十三巻の書物である。

「なぜ、吾が持っている書物の中身が分かるのか」

空海は、書状を見ながら心の中で呟いた。おそらく、博多津に留め置かれたときに、天皇宛に書いた請来目録の経典の中身を知ったのだ。

空海は、戸惑いを感じながら、だが唐から持ち帰った貴重な仏典を最澄が見たからこそ、最澄の進言で都に入ることを許可されたのだろうとも思った。

貸すべきか、断るべきか、空海の心は揺らいだ。

書状の文末には、「下僧最澄」と書かれてあった。それは密教においては空海の方が優れていると認めていることだった。

仏教界で最高の地位にいながらあえて下僧と書いているのだ。

「わかりました。お貸ししましょう」

空海は、ここまで自分を遜る最澄の心を思った。

それから幾度となく最澄からの書状が届いた。そのたびに仏典を貸していた。

空海からの最澄への書状が残っている。

これは、空海が冒頭に書いた字から「風信帖」と呼ばれる。

最澄への空海からの書状である。

風信雲書自天翔臨　　風信雲書　天より翔臨す

披之閲之如掲雲霧　　之を披き之を閲するに　雲霧を掲ぐるが如し

兼恵止観妙門頂載供養
不知攸厝己冷伏惟
法體何如空海推常擬
隨命躋攀彼嶺限以少

願不能東西今思与我金蘭
及室山集會一處量商仏
法大事因縁共建法幢報
仏恩徳望不憚煩勞蹔

降赴此院此所々望々
偬々不具釋空海状上
　　九月十一日
東嶺金蘭　法前
　　　　謹空

兼ねて止観の妙門を恵まる　頂戴供養し
厝く攸を知らず　己に冷かなり伏して惟みる
法體如何　空海推ること常なり
命に隨ひ彼の嶺に躋攀せんと擬るも　限るに少願を以
て
東西すること能わず　今、我が金蘭
及び室山と一處に集會し　仏を商量し
仏法の大事因縁し　共に法幢を建てて
仏の恩徳に報いんと思ふ　願むらくは　煩労を憚らず
蹔く
此の院に降赴せよ　此れ望む所　望む所
偬々不具　釋空海状して上る

現代文訳

風のような便り、雲が運んだ書状が天から舞い降りてきました
書状を開き読みましたら雲霧が晴れるような心地となりました
お便りと共に止観の妙門「魔訶止観（まかしかん）」を頂きました
頂戴供養してどうしたらよいか身の置き所もありません
この頃は寒くなってきました。いかにお過ごしですか
吾は特に変わったことはありません
仰せにしたがって比叡山に登りたく思いますが、少しの用事に限っても時間がなく、お訪ねすることができません
今は、厚誼（こうぎ）いただいている貴台や室山（室山寺開山の堅恵（けんね））とひと所に集まって、仏法の大事や因縁を語り会い、ともに仏の因縁を語り合い仏の恩徳に報いたいと思っております
どうか煩労（はんろう）をいとわずに、吾の寺院にお越しください
切に切に望みます
とり急ぎ不具　釋空海申し上げます

空海と最澄の書状のやり取りは、十六回にも及ぶが、そのほとんどが最澄からの仏典の借用である。最澄は借りた仏典をひたすら書き写すのが日常となった。

この頃、八一〇年（大同五年）嵯峨天皇に皇位を譲った兄の平城上皇が、病が治ったことで、天皇への返り咲きを狙う。

その後ろ盾となったのが、平城上皇の妻の母親薬子である。

京都の御所にいる嵯峨天皇に対し、奈良の平城京で一方的に天皇を名乗り平城上皇の二人の天皇が即位することになった。これに対し嵯峨天皇は抵抗する。

その結果、戦となり平城上皇が破れ、薬子は服毒自殺をするのである。この反乱を「薬子の変」という。

「反乱が収まってひと安心です」

この反乱を知らせてきたのは、唐へ渡った時に知り合いになり、空海と一緒に帰国した官吏の橘逸勢である。

「いつの世も、権力争いというものは、人の欲がなせる業」

空海は、人の世の狭い考え方を憂えた。

「ところで、遣唐使の大使だった藤原葛野麻呂どのから空海どのに伝言がありました」

「はて、何事でしょうか」

「実は、嵯峨天皇がお目にかかりたいとおっしゃっています」

「天皇が……」

八〇七年（大同二年）天皇が弟の伊予親王が謀反を企んでいるという噂で幽閉され、母子が自殺したことへの弔いを思っていた。その謀反が事実ではなかったことが後から分かったが自殺した後だった。それでこの親子を供養したいという事だった。

さらに伊予親王は空海の伯父の阿刀大足が侍講を務めていた関係もあった。

「なんでも、親子の菩提を弔うため仏像を建立し、その願文を書いてほしいと申し出ているとのこと」

「天皇が、吾に願文を」

空海は、一瞬、驚いたが、嵯峨天皇に近づく手段としてはまたとない機会であると感じた。すでに最澄が天台密教として天皇の支持を得ている。

自分の密教はまだ庶民の密教に過ぎない。天皇から真言密教として認められたら、最澄と肩を並べられる、いやそれを追い越すことができると思った。

願文とは、供養などを行うとき、その趣旨を記し祈願の意を示すための文章である。

「この空海、喜んでお引き受け申したとお伝えくださ い」

「それともう一つ、天皇から勅令が出ております」

「勅令……」

空海は、天皇が何を命令すると言うのかと、一瞬心の中で思った。

「東大寺の別当に就くようにと」

「東大寺の別当ですか。この吾に」

東大寺は、聖武天皇が国家の威信をかけて造った寺である。空海もまたここで僧侶となる具足戒を行った所でもある。空海、三十六歳の若さである。

「謹んでお受けいたすと、天皇にお伝えください」

空海は、ここでの密教を広められればまたとない機会と考えた。

東大寺薬師院文書　東大寺別當次第にはこう書かれている。

十四　大法師　空海

讃岐国多度郡人佐伯氏

弘仁元年　任

寺務四年　弘仁元、二、三、四

嵯峨天皇は、兄の平城天皇の謀反により、それを先導した人々を罪に問うたが、平城上皇にだけは幽閉の罪にもしないで、上皇のままだった。

それは国家の安寧のためであった。

だが、飢饉や怨霊への恐怖、また政情は不安定でもあり、宗教へ頼らざるを得なかった。その宗教も、密教という新しい宗教への依存でもあった。五穀豊穣のための祈りでもあった。

嵯峨天皇は最澄と共に、密教を唱える空海への関心が高まっていった。

空海は、御所にいる嵯峨天皇と面会した。

「空海か」

一段高い謁見の間に簾の下がった奥に天皇は座っていた。

「空海にございます」

空海は低い声で言った。

「この度は、願文大儀であった。ところで空海は密教を唐にて引き継いだとか」

「はい。大日如来から恵果阿闍梨まで七祖、その後を継いだのが空海でございます」

「では最澄の密教とは何が違う」

「最澄座主は天台宗の密教。傍流にて、この空海の密教こそ主流でございます」

空海は、ここで明快にしておかなければと思った。これは、天下への布石でもある。天皇に認めさせることでもある。

「なに、最澄の密教は傍流だと」

「はい。最澄座主は、密教の直弟子ではなく、孫弟子である順暁という僧侶から伝授され、また大日経を漢訳した善無畏（ぜんむい）が広めたもの」

善無畏という僧は、天竺の生まれで訳経僧でもある。空海も唱えた真言の「虚空蔵求聞持法」や「大日経」のサンスクリット語を漢訳にしているのである。

「では、空海は、この国の災いを鎮めることは出来るのか」

「はい。この空海。護国経典を読経し護摩供養を行い、国家の災いを鎮め、その安寧を守ることが出来ます」

「まことか」

天皇は身を乗り出して聞いた。

「天皇に下賜された高雄山寺において、山門を閉じ一年間国家の安寧のためお祈りする所存です」

「なんと！　そこまでやってくれるのか」

「はい。国家と天皇のためならば、この空海成就するまで祈ります」

空海のこの言葉に、嵯峨天皇は心を強く動かされ、間もなくして怨霊に悩まされなくなり、飢饉も収まってきた。後に天皇は褒美を送っているのである。

この出来事から、嵯峨天皇は空海に信頼を寄せるようになる。

八一一年（弘仁二年）嵯峨天皇は空海の所に使いを出し、乙訓寺に住むように命じられた。さらにその寺の別当にも任命された。

この時空海は三十七歳である。

この乙訓寺は官寺である。官寺とは国家によって管理されている寺のことである。

だがこの寺は、二十六年前、皇太子の早良親王が藤原種継の暗殺事件に関与したとして、実兄の桓武天皇によって幽閉された寺でもある。

「なぜに乙訓寺にこの吾を」

空海は、解せなった。

「空海禅師には、乙訓寺を再建してほしいと」

「再建とは」

「今は荒れ果てております」

嵯峨天皇の使者は、そのいきさつを語った。

「早良親王が、この寺で身の潔白を証明するために十日間絶食をされていましたが、桓武天皇が罪を許さず、流刑の途中で息絶えました。その後、天皇の母の死、皇后の死、皇太子の病気と続き、早良親王の怨霊ではないかと恐れられています。その乙訓寺を鎮めてほしいと願われています」

「つまり、この吾に再建ということはそのことでしたか」

「はい。空海禅師には、天皇は全幅の信頼を致しております」

空海は、天皇が信頼してくれていることがうれしかった。

密教を普及させるためには、絶対に欠かせない人でもある。

「では、喜んで乙訓寺に行きましょう」

空海は、東大寺と乙訓寺の両寺の別当を務めることになる。

乙訓寺は、六〇三年（推古天皇十一年）推古天皇の勅願により聖徳太子が建立したとされる。

「随分と荒れ果てているな」

空海は、実慧（じつえ）と共にやって来た。

「もう二百年も経っている古刹ですからね。建物も古いです」

実慧は、乙訓寺を見渡して言った。

「ここに早良親王が幽閉されたと聞く」

荒れ果てた寺は、あたかも早良親王の霊が彷徨っているような錯覚を空海は覚えた。

「先ずは須弥壇（しゅみだん）をきれいにしなければな」

空海は、本堂から改修工事をすることにした。

六か月かけて寺の修復や造成は終わった。その頃になると、秋の実りの季節となっていた。境内には、たわわに実った柿が黄色く色づいていた。

「これはいけますね。美味にございます」

弟子の実慧は、木から柿を一つもぎ取り口にほおばった。

「では、これを天皇に献上いたそう」

空海は、ふとそう思った。

乙訓寺に来て、早一年が経とうしていた矢先、一人の僧侶が乙訓寺を訪ねてきた。

「空海法師ですね」

最澄はあえて法師と呼び、空海に声をかけてきた。

「最澄座主！」

「ここにいると聞いて訪ねて参った」

背が低いどっしりとした体格の最澄が立っていた。

「天皇よりの勅命です」

「うむ。存じておる」

「今日は、何か……」

空海は、最澄がなんの前触れもなく突然訪ねてきたことに驚いたと同時に、何か訳があるのだろうと直感した。

「実はな、年の初めに座主の座をあけ渡した」

「いま、なんと！」

「隠居したのだ。弟子の泰範(たいはん)を座主にな」

「では、隠居なされてこれからどう過ごされますか」

「いや、まだやり残したことがある故」

「金剛頂経のことですか」

空海は、最澄が「金剛頂経(こんごうちょうぎょう)」三巻を借りたいと手紙で依頼してきたが、それには応じなかった。これまで幾多の書物を最澄に貸してきたが、この金剛頂経だけは、密教の中でも大日経と並ぶ最も重要な書物である。しかも、最澄は書物から密教を知ろうとしているのを感じていた。

密教は本来、直接の伝授でなければならない。師からの言葉で伝授されるもの、一子相伝である。最澄はそれを知らないのかと思った。

「なにゆえに、貸していただけないのか」

「最澄どの。密教はそもそも仏典で悟りを啓くものではありません。不空阿闍梨から恵果阿闍梨へ、言葉で伝授されたもの。恵果阿闍梨からわたくしも口で伝授されました」

「では、空海法師から伝授を受けよう。弟子にしてくだされ」

最澄は、天台宗を開き天下の僧侶となった身で、空海の弟子になると言い出した。

「密教の伝授には三年の修行が必要になります」

この言葉に最澄の心は傷ついた。雲水のように未熟な僧侶ならいざ知らず、最高の権力を持った僧侶が、これから三年修行することへの屈辱でもあった。

「……」

最澄は何も言わず、苦虫を嚙み潰したような顔をしていた。

「あなたは、恵果から六か月で伝授されたと聞く。この吾に三年の修行が必要とは、何ゆえか」

最澄は、自分にはその資格がないのかと疑問を呈した。

「確かに、吾は六か月で伝授されました。その六か月は、深海よりも深く、宇宙の彼方のように密なる修行でありました」

空海は、最澄にそれが出来るのかと問い質した。

「吾も、一介の僧侶。比叡山にて厳しい修行をした」

最澄にも僧侶としての意地があった。

「密教とは秘仏であります。天竺語を学び、金剛界、胎蔵界の奥を知り、また師から伝授されて初めて伝法灌頂を受かることができます。そのためには三年の修行が必要なのです」

仏教界の大物である最澄に、三年もの修行が出来るわけがないことを、空海は知っていた。

「三年……」

最澄もまた、空海が気を使ってくれると安易に考えていた。

「それでは金剛灌頂を行いましょう。吾はこの寺にはあと二日しかいません。高雄山寺に戻ります」

空海は、最澄に灌頂を行うということは、空海阿闍梨から法を受けた時の儀式と同じである。いわば仏教界の重鎮の最澄は空海の弟子ということになる。

「日本で密教を広めよ」と言った恵果阿闍梨の意を広げていくには良い機会であった。

二

二日後、八一二年（弘仁三年）十月二十九日に一年振りに空海は高雄山寺に戻った。

そして間もなくして、最澄は高雄山寺に住む空海を訪ねてきた。

「空海法師。約束どおりに灌頂を受けに参った」

最澄は、金剛灌頂と胎蔵灌頂をどうしても受けておかねば天台密教を広げられないと考えていた。それは空海こそが密教の本流であることを認めていたからでもある。

「分かり申しました」

空海はこの儀式を行えば、世の中に空海の名が広まることを確信していた。

むしろ、最澄が空海から灌頂を受けたことを天皇が知れば、空海の名が揺るぎないものとなることを知っていた。

金剛灌頂とは、仏と縁を結ぶための結縁灌頂（けちえんかんじょう）である。この儀式は目隠しされた受者が灌頂壇に敷かれた金剛曼荼羅図の上に花を投げる。その花が金剛界の曼荼羅の描かれた諸仏の絵に落ちれば、その仏と縁が結ばれるという儀式である。そして阿闍梨から受者の頭頂に水を注ぎ、儀式を終える。

最澄の投げた花は、金剛曼荼羅の金剛菩薩の絵に落ちた。この金剛菩薩は、無量寿如来に属する。いわば阿弥陀如来の別名である。そして一か月後、最澄は胎蔵灌頂を受けたのである。

「空海法師、今度は弟子の泰範に灌頂をお願いしたい」

最澄は、比叡山の僧侶を泰範はじめ三人を連れて来ていた。

泰範は、最澄の後を継いだ天台宗の座主である。

「泰範と申します」

泰範は、空海に軽く頭を下げた。

「空海です」

空海は、この泰範を見るのは初めてだった。歳は自分と近いと感じていた。

この空海と泰範との出会いは、最澄にとって予期せぬ事態を招く。

空海から胎蔵曼荼羅の灌頂を受け、仏と縁が結ばれた泰範は、

「なんとさわやかな灌頂でありましよう」

空海から受けた灌頂が、今まで行ってきた天台宗のやり方との違いを感じた。

「泰範どの。そなたは胎蔵曼荼羅において仏と結ばれた。ことに好し」

空海は、泰範という男を気に入った。

「最澄座主から教わった密教とは、幾分異にしますが、これが本流でありますか」

泰範は、最澄の密教は傍流であることは知っていた。

「いかにも、天竺から伝わる密教です」

「では、空海どの、もう少し密教について教えていただきたい」

泰範は、密教の虜になっている自分に気づいていた。

最澄が、高雄山寺で灌頂を終え帰ろうとしたとき、泰範は、しばらくこの高雄山寺に残ると言い出した。最澄は、何も気に留めずに泰範の言うことを聞き入れ比叡山に戻った。

だが、数か月が過ぎ去っても、泰範は戻る気配がなかった。最澄は空海の所へ書簡を送り、泰範が戻るように催促をした。

「泰範、最澄どのから戻るように催促がきているがどうする」

空海は、聞いた。

「吾は、もう少しこの寺にて修行をしたいと思います」

「お主は、天台宗の座主の地位にいる。それでは困るであろう」

「吾は、そもそも座主になっても喜べない自分がいました」

「それは何故じゃ」

「それは、天台宗は僧侶が僧侶になるための修行の場。民衆をまとめる場所ではありません」

「密教にしてもそれは同じである」

「いや、密教は心不在内不在外であります。心は内に在らず、外に在らず、心というものは、内なる眼、耳、鼻、舌、身、意になく、また外のなる色、声、香、味でもない。明るいものでも暗いものでもない。男でも女でもない。即ち心は認識することは出来ないものです」

泰範は、大日経の経典の一節を諳んじた。

「泰範は、密教の本質を理解しているようだが、最澄は書物から本質を捉えようとしておる。吾にはそれが理解できない」

空海もまた、唐から持ち帰った書物を空海から借りて書写することに熱中している最澄に、苛立ちを感じていた。

「吾は、比叡山には戻りません」

「それは、まことか」

「はい。もう戻ることはないと思います。この高雄山寺に来てはっきりいたしました」

泰範は、空海の弟子になる決意を示した。

「では、最澄どのにそう申し出なければな」

空海は、最澄の怒りの声が聞こえてきそうであった。

泰範は、空海からそう言われても、なかなか最澄に手紙を送っても自分の気持ちを打ちあけられないでいた。

最澄は、泰範がなかなか比叡山に戻らないのに不満を持ちながらも、空海からまだ貴重な経典を借りて書写しなければならないものがあり、強く出られない負い目があった。

最澄は、密教の中でも密教の秘経とされる「理趣釈経」の借用を依頼してきた。

弟子最澄、和南

書を借らんと請う事

新撰の文珠讃法身礼、方円図ならびに注義、釈理趣経一巻

右、来月中旬を限りて請うところ、件の如し。

先日借りるところの経ならびに目録等、正身持参し、敢て誑損せず。

謹みて貞聡(じょうそう)、仏子に附して申上す。弟子最澄和南。

弘仁四年十一月二十五日　　弟子最澄　状上

高雄遍照大阿闍梨　座下

現代文訳

弟子の最澄、恭敬いたします。書の借用願

新しく撰述された「文珠鑽法身礼」「方円図」ならびに「釈理趣経」一巻

右、来月中旬まで借用いたしたくお願い申し上げます。先日お借りした経典や目録などは、間違いなく確認して持参いたします。決して約束をたがえたり、損傷するようなことはいたしません。謹んで弟子の貞聡に託して、お願い申し上げます。弟子の最澄、恭敬いたします

高雄の遍照大阿闍梨　座下（訳　高木訷元）

「最澄どのが、理趣釈経を？」

空海は、この経典を理解できるのであろうか、と不思議に思った。

もしかして、この経典を借りて、密教と天台宗を比較して、いかに密教は愚かな宗

教であるかを世の中に広めるのではないかと、危惧も覚えた。

そもそも、この理趣釈経は、「十七清浄句（じゅうしちしょうじょうく）」という十七の欲望を肯定する教えを説いている。天台宗のように禁欲主義ではないのである。

十七の欲望とは、

一、男女交合の妙なる恍惚は、清浄なる菩薩の境地である

二、異性を愛し、かたく抱き合うのも、清浄なる菩薩の境地である

三、男女交合して悦なる快感を味わうも、清浄なる菩薩の境地である

など、十七の人間の欲望を肯定するものである。このような経典を男女の交わりを不浄とする天台宗に見せると誤解を招く恐れがある。

空海は、最澄がいつも経典の借用だけを依頼してくるが、その内容も、自分（最澄）は、空海の弟子であり、見捨てないでくださいとまで、下手に出てくる始末である。そうした態度に、空海は最澄の魂胆があると考えていた。

空海は、理趣釈経の貸し出しを断る返書を最澄に出した。その中には最澄に対して、真言密教は、経典を読むだけで得られるものではないこと、師と面授して初めて得るものであることを強く主張した。

さらに空海は、「汝よ、よく聞け」と最澄を弟子のように呼び捨ての言葉を使って、

密教の教えを説いている。

「たとえ千年の間、薬学書や医学書を読んでも、それだけで人間の身体が病んだとき、どうして治すことができるのか。できやしない。それと同じように、百年の間、あらゆる教えを記した経典を論議しても、それだけで三毒（人の心を毒する三つの根本、煩悩、貪欲、愚痴）を取り除くことができるだろうか。できはしない。先ずは信じよ。いくら学んでも、信じ修行しなければ役にたたない。

あなたは、身近に吾という手本があるのに、なぜ直接吾から学ぼうとしないのか」

空海は、当時の高僧と言われ、七歳年上の最澄に説教しているのである。

そして、最後に最澄の後継者だった泰範は、もう比叡山に戻ることはないと告げた。天台宗の座主となっていた泰範が戻らないということは、老いた最澄にとっては、衝撃的な出来事であり、空海に裏切られたような気持ちで激怒した。

それ以来、空海と最澄の親交はなくなり、途絶えたのである。

第八章　高野山の開創

一

唐から帰国して八年、入京を許されてから五年の歳月が流れていた。

最澄と決別した空海は、本格的に密教の普及に乗り出した。

八一六年（弘仁七年）空海は、嵯峨天皇に対して「紀伊国伊都郡高野の峯において入定の処を請け乞う表」を提出した。

内容はこうである。

「深山の平地、尤も修禅に宜し。空海、少年の日、好んで山水を渉覧す。吉野より南に行くこと一日、西に向かって去ること両日ほどにして、平原の幽地あり。名付けて高野という。計るに紀伊国伊都郡の南に当たれり。四面高嶺にして人蹤蹊に絶えたり。今思わく、上は国家のために、下はもろもろの修行者のために、荒藪をかりたいらげて、聊か修禅の一院を建立せん……」

空海は最澄の比叡山を意識して、高野を修行の場と考えていた。

この上表文（じょうひょうもん）を読んだ嵯峨天皇は、

「空海の書状は受け取ったが、高野は、丹生都比売（にうつひめ）という姫神が祀られている聖域である。なぜそのような場所を空海は選んだのか」

嵯峨天皇は、最澄のように都に近い比叡山のような場所が良いのではないかと思った。

「されど、この高野こそわが聖地にございます。若きころ、修験者として野山を駆け巡り、この地の丹生一族とも親交がございます」

丹生都比売という神名は、丹生の姫という意味である。丹生とは「丹を産する」ということ、丹は水銀である。丹生都比売とは「水銀の女神」という意味である。この高野は巨大な水銀鉱床の上にあった。その水銀を採掘していたのが丹生一族で、莫大な利益を得ていたと思われる。

現在も、鎌倉時代に描かれた絵で、中央に空海が椅子に正座し、その下の左に高野明神、右に丹生明神を配した「弘法大師　丹生　高野明神」という仏画が残されている。空海が二人の明神よりも上にいるのである。

「丹生一族とも親交があるのか」

「はい。大安寺にいた頃、勤操僧に紹介され、山岳修行をしていたころ世話になりました」

「この地に空海は、新しい宗教を作ると言うのか」

「これまでの宗教とは異なる密教にございます。最澄の比叡山にても密教を普及させておりますが、そもそも最澄のは傍流、わが密教こそ、唐から受け継がれた本流にございます。この高野を是非に密教の場にしていただければ、日本も新しい夜明けがまいりましょう」

「新しい夜明けとな」

「はい。政（まつりごと）から南都六宗の影響を排除して、あたらしい密教のある安定した政をすることにあります。もはや都を遷すことはございません」

「予の代で都を平安京として、これ以上遷都を考えなくとも良いのか」

「はい。この平安京は長く千年の都となるでしょう」

「空海がそれをやってくれるのか」

嵯峨天皇は、密教が日本に根付き普及すれば政（まつりごと）は安定すると信じた。

それは、空海の自信に満ちた態度からも分かった。

いみじくも、遣唐使として唐に同じく渡った最澄と空海の二人である。最澄の開いた天台宗と空海の開いた真言宗の二大宗教が勢力を伸ばしていくのである。

事実、七九四年（延暦十三年）に都が長岡京から平安京に移されてから、一八六九年（明治二年）まで千百年間、日本の首都であり続けた。

空海が、高野山に修行の場として嵯峨天皇に出した申請により、半年で高野の広大な敷地を下賜された。

高野山（こうやさん）という山は存在しない。八つの山々に囲まれた盆地を高野山と称した。

「泰範、この度、嵯峨天皇より高野を下賜された」

「では、密教の聖地としてこれより寺院を建てられます」

「うむ。最澄に負けない寺院を作る」

空海は、この時四十三歳である。

「まず、資金を集めねばなりません」

話を聞いていた実慧が言った。

「確かに、多くの資金が必要になるが、先ずは吾を信じる公家たちからお布施を募ろう。また、この地を支配していた丹生一族にもお願いしよう」

「はい。吾たちは門徒から資金を集めましょう」

「実慧、門徒から集めるのは良いが、無理な取り立てはしないように。信徒はあくまで善意の寄付であるから」

空海は、先ずはお金持ちからお金を集めることを考えていた。

「最初に建てるお堂は、本堂でしょうか」

泰範は、空海に尋ねた。

「いや、最初に建てるのは、御社（みやしろ）である」

「御社ですか？」

実慧が、不思議な顔をした。

「さよう、この地を治めていた明神を祀る。高野明神と丹生都比売明神である。この明神を山の守り神とし、真言密教の守り神として祀る」

泰範は驚いた。比叡山の天台宗は、薬師如来を本尊とする大乗仏教である。

「神と仏を一緒にするのですか？」

「吾は若き日、山岳を修行の場としてきた。それゆえ山岳に宿る霊はまさしく神の領域。また密教は宇宙を支配する太陽神を信仰の拠り所とする。神も仏である」

密教の金剛曼荼羅や、胎蔵曼荼羅もそうした仏と宇宙を表しているのである。

こうした発想は、当時は皆無だった。空海のまさに神仏習合の新たな信仰であった。

ここで空海がこの高野山を真言宗の地に決めた伝説を紹介しよう。

空海が唐から日本に帰国するとき、明州の波止場から「真言密教を広めるためにふさわしい地を教えたまえ」と言って手にしていた三鈷杵(さんこしょ)を海に向かって投げると、それは日本に向かって飛んで行った。帰国した空海は、紀伊の国あたりが修行の地にふさわしいだろうと行脚していると、そこに二匹の犬を連れた猟師に出会った。猟師は、話を聞いて、「それならいい土地があるので案内しよう」と連れて行った。その地に着くと、驚いたことに明州から投げた三鈷杵が松の枝に引っかかっていた。その猟師は高野山の地主神である狩場明神であった。

空海はその夜、高野山中の神社に宿をとった。その夜一人の女性が枕元に現れて、「吾はこの山の主で丹生都比売である。そなたに修行の地としてこの山すべてを授けよう」と申し出た。さらに伽藍の建設にも協力しようと言った。

狩場明神と丹生都比売明神は母子でもあるという。

この時の三鈷杵が引っかかっていたといわれる松は、壇上伽藍の御影堂の前にあり、「三鈷(さんこ)の松(まつ)」と呼ばれ、千二百年の時を経た今も生き続けているのである。松葉は通常二本に分かれているが、三鈷の松葉は三本に分かれている。

また、その三鈷杵も現存する。「飛行三鈷杵」と呼ばれ、至宝として高野山霊宝館に保管され、国の重要文化財にも指定されている。

空海がこの高野山を訪れたのは、嵯峨天皇からこの高野を下賜された二年後の八一八年（弘仁九年）十一月のことである。この時は、すでに御社は泰範と実慧によって建立されていた。空海は伽藍の配置のために山に入った。伽藍の配置は空海にとって密教思想に根差した独自のもので、胎蔵を象徴する大塔、金剛界を象徴する西塔、金堂のそれぞれの配置は本尊である大日如来の宇宙観を表現することにあった。

伽藍とは、サンスクリット語でソウギャランマ（僧伽藍）が訳されて伽藍と言われるようになった。僧侶が集まり修行する清浄な場所を意味する。

高野山とは、千メートルの八つの山々に囲まれた標高八百メートルほどの場所にある盆地のことで、この辺りから見える山々は、ちょうど蓮の花の中にいるように見えたことから「八葉蓮華（はちようれんげ）」とも言われている。

「御社が完成して、今度は何を建てられますか」

泰範は空海に尋ねた。

「講堂（金堂）を建てようと思う。そこでしっかりと密教について勉強できるよう、修行の場としたい」

空海は、自分が亡き後も、幾万年も続く密教寺院を作る思いがあった。

「講堂には、大日如来を」

実慧は、空海に聞いた。

「いや、本尊は阿閦如来（あしゅくにょらい）である」

阿閦如来とは、サンスクリット語でアクショーブヤと言い「揺れ動かない者」という意味である。密教における金剛曼荼羅では大日如来の東方に位置する仏である。空海は、金剛曼荼羅の仏の世界の配置と建物の配置を頭に描いていた。

「御社とは違い、今回の建物は講堂というと、莫大な資金が必要になります」

泰範は、そのお金をどう工面するのか不安があった。

「御社（みやしろ）は、丹生都比売（にうつひめ）を祀った神社。丹生一族も大いに喜んでいる。この地に密教を広げていけば聖地となり、丹砂（水銀）の採掘も容易になるだろう」

空海は、この地を支配している丹生一族が、講堂を建てる資金を提供してくれるだろうと確信していた。

空海は、丹生一族が住む高野山の麓の村を訪ねた。

「これは空海どの」

出迎えたのは、丹生一族の長老の丹生正清であった。

「また頼みたいことがあった」

「ほう、今度は本堂をお建てになるのでございますかな」

「さよう。修行の場となる道場をな」

「さようですか。空海どのがこの地を密教の本拠地になさったこと、この丹生一族にとっては誇りに思うてます」

「丹生都比売を祀り、これから幾千年もこの地を聖地とすることをお約束する」

「吾も密教徒となり、一族みな空海どのの信者でござる。いくらでも寄進させていただく。大きなお堂をお建てなされ」

長老の正清は、白い顎鬚（あごひげ）を撫でながら頷くように首を縦にゆっくりと振った。

「吾の願いは日本をいやこの世のすべての人々を幸せにいたすこと」

「空海どのであれば、それは叶いましょう」

「有り難き幸せにござりまする」

空海は、正清に合掌しながら頭を下げた。

二

講堂が完成したのは、八一九年（弘仁十年）である。二間(にけん)おきに丸い柱が八本立ち、梁の長さは十二間で入母屋造りの建物である。

講堂の中央には、阿閦如来像が、蓮の花に座り左手は腹前で握った大衣の端を上に向け、右手は五指を伸ばして右膝で掌を伏せた触地印を結んでいる姿で置いてあった。

空海は、落慶式を行うために弟子たちと丹生一族や信者を集めた。

「ここにりっぱな講堂が出来た。これも信徒のみなの力である。この高野を聖地と定め、これより千年も万年も続く真言密教を作りあげる」

空海は、信徒を見渡しながら、唐の恵果と約束した「日本で密教を広げよ」という言葉を思い出し、やっとここまで来た思いがあった。空海は、四十五歳になっていた。

この年、また天然痘が流行し始めた。京の都では多くの死者が出ていた。

「嵯峨天皇はお困りであろう」

空海は、高野山を天皇に下賜された恩義があった。

「はい。天皇の使者によれば、大師に一日も早くこの感染症を終息させてほしいと願っているそうです」

「使者に伝えてくれ。この空海、命にかけてこの疫病を終息させるとな」

空海の思いだった。

それから空海は、真新しくできた講堂で、護摩供養と称して、燃え盛る火に疫病の退散を書いた護摩木を投げ入れ、一心に真言陀羅尼（しんごんだらに）を唱えた。

この行事は、毎日朝夕行われた。一か月ほどして、空海は京都の都に出かけた。そこにはまだ疫病で倒れた人々が道に横たわっていた。

空海は、御所へと向かった。

「空海か、よく来てくれた。この疫病は終息するのか」

嵯峨天皇は、不安な言葉で言った。

こうした世の中の不安は、政（まつりごと）を司る天皇の力量が問われる問題だからである。政治が悪いからだとする風習があった。

「この空海、都に来てまだ終息していない疫病を目にして、解決する方法がございます」

「それは何じゃ！」

天皇は身を乗り出した。

「それは、第一に、人の出入りを禁止するように命ずることです」

「人の出入りとな」

「はい。さすれば人から人への感染はなくなります。第二は、感染した人々を隔離することにございます」

「隔離とな。どうしてやるのか?」

「はい。感染者を一まとめにしてしまうことです。そして死者は荼毘に付すことです」

「荼毘に付すとは、人を燃やすのか?」

この当時は、死者はそのまま埋葬するのが当たり前だった。

「疫病にかかった者を荼毘に付すことによって、疫病も焼き尽くされます」

「あい分かった」

嵯峨天皇は頷いた。

「最後に、この空海が、密教の祈りによって疫病を退散させまする」

空海は、自信に満ちた言葉で言った。

「空海の言葉を聞いて、安心した。さっそく命令して空海の言ったことを実行しよう」

嵯峨天皇は空海に全幅の信頼を置いていた。

高野山では、講堂を建てた後、今度は密教の核心である大日如来を祀る寺院を作らねばならなかった。壇上伽藍の中心である。

空海は、中門と講堂を直線上に置いて、その後方、東西に多宝塔二基を配置することを考えていた。これは真言密教の胎蔵界と金剛界を具現化した建物ということになる。そして周囲には真言堂、鎮守社、鐘楼、経蔵などの建物を配置する。

空海は、この平地にそうした建物を配置した密教思想を考えていた。

しかし、空海が生きていた頃は、すべての建物が具現化したわけではなかった。

空海の死後、弟子たちによってそれぞれの建物が建てられていくことになる。

空海は、根本大塔を次に建てることにした。空海は、その建物の中を曼荼羅の世界に考えていた。

本尊は大日如来、周りには阿閦如来、宝生如来、観自在王如来、不空成就如来の四仏が祀られ、さらにその周りの朱色の柱十六本には十六の菩薩が描かれているという立体曼荼羅の世界を表した建物である。この根本大塔は、空海が生きている間には完成せず、八二〇年（弘仁十一年）から八八七年（仁和三年）まで約七十年かかり弟子であった真然（しんぜん）大徳の代になって完成した。

ある日、朝廷から空海の所に使者がやって来た。

「この度、空海どのに頼みがあってやって来た」

「朝廷からの頼みとは？」

「空海どのの生まれ故郷の神野池の灌漑用ため池の修復である」

「よく存じています。あの大きなため池でござるな」

「さよう、昨年そのため池が洪水で決壊して、多くの民が犠牲になった。その修復を試みたが、なかなか難しく、また人手も足りず、朝廷は匙（さじ）を投げだしてしまった」

「それで吾に！」

「さよう。嵯峨天皇が命令された。空海どのは、国難のときの頼みの綱ゆえ、それに空海どのの故郷」

「もう三十年も帰っておりませんが、故郷のためにご協力いたしましょう」

空海は、民が困っていると聞くと静観している訳にはいかなかった。

「引き受けてくださるか。それはありがたい」

朝廷からの使者は責任を果たせたと見えて、肩の荷が下りたようにため息をついた。

空海は、久しぶりに讃岐国に戻った。同行したのは丹生一族の長老の正清であった。正清は水銀を採掘する技術を身に付けていた。それは掘削や土留めの技術を持ち合わせていた。

空海は、国司である清原夏野(きよはらなつの)と会った。この時、清原夏野は三十六歳、官位は従二位で皇族である。清原夏野は、この後、都に戻り天皇の世話役の藏人頭(くろうどのとう)に叙任され、また八三三年（天長十年）淳和天皇の勅により、菅原清公と共に「令義解(りょうのぎげ)」を編纂するのである。令義解とは、律令の解説書である。

「空海どのの噂は朝廷よりお聞きしております。ご覧のとおりこの灌漑用水は日本一大きな貯水池ですが、決壊してしまうと手に負えなくなり、多数の被害がもたらされます」

夏野は、まるで湖のように広い灌漑用水を見渡しながら言った。

「決壊したのは、あの辺りですかな」

空海に同行した丹生正清は、指をさした。

「さよう。地盤が弱いとみえます。修復するのに三年はかかるような大事業になりますな」

国司は甚大な被害にこう呟いた。

それもそのはずである。朝廷から築池使として派遣された路真人浜継（みちのまひとはまつぎ）が復旧工事に着手したが、技術不足のうえ人手も足りずに途中で諦めてしまったからである。

「吾は、この修復を三か月で行いましょう」

空海は、自信に満ちた顔で言った。それは仏からの暗示のように口からほとばしった。

「いま、何と、三か月で？」

国司は、わが耳を疑った。

「さよう、三か月で。この冬から工事を行いましょう」

空海には、工事をやるための計画がすでにあった。それは、まず人夫を多く集めることである。さらに朝廷から多額の資金を出させる。そして池が決壊しないように工夫する技術を用いることである。それには土木に強い丹生一族の力を借りることであった。

朝廷より築池別当に任命された空海は、故郷の村々に灌漑用水の工事を手伝ってほしい旨の看板を立てた。空海の名はその頃、各地で知れ渡っていた。

さらに、讃岐国の郡司の息子と村の人々は知っていた。

秋から冬にかけては、農民も暇な時期でもある。空海はその農業の閑散期を狙っていた。農民にとっても人夫として働けばお金になる。いわば公共事業のような仕事でもある。

その空海が、自ら先頭に立って働くという文面に、農民は奮い立ち、次々と人々が集まってきた。

「空海僧侶でございますか」

一人の男が空海の所に来て、少し腰を屈めた。

「いかにも空海です」

「吾は、室戸崎で漁師をしている晋作と申します。以前その室戸崎で修行をしていたお方ではないですか」

「いかにも、そなたはあの時の漁師か！」

空海は、驚いた。

「ずいぶんと偉くおなりになりました。あの時、民の心を豊かにするために修行されていると聞き、吾も心を揺さぶられました」

「いやいや、そなたの力がなければ、いまの自分はなかった。感謝してもしきれない。よくぞ参った。うれしく思うぞ」

空海は、晋作の手を握りしめた。

「吾も、この仕事を手伝いたく思い、室戸から駆け付けました。吾の仲間もいます」

「さようか。それはありがたい」

空海は、この仕事はうまくいくと確信した。

空海は、仕事の安全と民衆の健康を祈って、真言密教である護摩供養を池の畔で大衆を前に行った。民衆は、空海の仏事を見るのは初めてだった。

これには空海の密教に対する宣伝も兼ねていた。多くの民衆が密教に帰依することを願っていた。

丹生一族は山で水銀の採掘をしていた技術をもって、山が崩れない工夫をして、安全に何十年も採掘してきた。丹生一族の長老は、そうした技術をもって水を堰き止める方法を考えてくれた。

また、丹生正清は、一族の若い衆を二十人ほど集めて参加していた。

その若者たちが、指導者となって灌漑用水の修復に取り組んだ。

林業に携わっている人々に杭を作るように指示をし、そして地盤の弱い所にその杭を打ち込み強くし、土を盛った。

さらに、満水になった水を完全に堰き止めるのではなく、一定の量がたまったら、自然と水が流れるように工夫した。そうすることによって土留めした土の負担を軽くした。さらに夏には水田に水を張るための水門も作って、田畑を潤うようにした。この工事に何百人という農民が集まり、分担作業によって、まさに三か月で工事を完成させてしまった。

驚いたのは国司である清原夏野である。

「僧でありながら空海どのは、こうした技術をどこで身に付けたのか」

「ただただ大日如来の力をお借りしただけ。ただそれに従ったまでです」

「空海さんはすごい力をお持ちなさる」

農民の一人が空海の所に来て言った。

「これは吾の力ではない。大日如来という天の仏の力による」

「その大日如来という仏はどこにいるのか」

「そうよのう。毎日太陽がこの世を照らしているが、太陽は稲を実らせ、畑の食物を実らせ、多くの食べ物を我々に与えてくれる。しかし太陽は我々に何かを求めたりはしない。仏も同じで我々に力を与えてくださる」

空海は、農民に言った。

「では、吾も空海さんがいう宗教を信じれば力を貸してくれるのか」

話を聞いていた別の農民が空海に問いかけた。

「もちろんだ。みなもこの密教を信じていれば仏になれるのだ」

「えっ、仏に？」

空海の突然の言葉に、集まった農民がざわついた。

「みな、よう聞け。吾は、室戸崎の洞窟で修行していた時に、明星が吾の口の中に飛び込んできた」

「えっ、そんなことがあるのか？」

「そうだ。信じられないことがこの世には沢山ある。人の知識というものは浅はかなものだ。それだからこそ、仏の力を信じなければならない」

空海は、集まった人々に言った。

この灌漑用水の修復を三か月で終えた空海に対して、民衆は、真言密教の宗教の力を知らされた思いで、密教を信じるようになった。


空海が宿泊していた所に、国司の清原夏野が、二人の老人を連れてきた。

「空海どの。会わせたい御仁がいて連れて参った」

そう言って紹介した。

「母上、父上！」

空海は、叫んだ。

僧侶になる時に、家を捨て、世俗を捨て、仏と共に生きる道を歩んできた空海にとって家に戻ることはなかったが、両親が空海に会いに来た。

「真魚！」

三十年振りに会う母の声は弱々しく聞こえた。

「母上！」

空海は、母に抱かれていた。

幼き頃に抱かれていた母のぬくもりを、空海は感じていた。

「母上、親不孝をお許しくださいませ」

空海の目から涙が溢れていた。

「人のために尽くしている真魚の姿に、母は嬉しく思います」

玉依姫もまた、涙が止まらなかった。

「真魚、そなたのことは噂で聞き及んでいる。佐伯家の誇りに思うぞ」

白髪頭になっていた田公は、考え深そうに言った。

「父上にもいろいろご迷惑をおかけいたし申し訳なく思っております」

「なに、すべて昔のことだ」

この言葉に、空海は救われた思いがあった。

「真魚、家へは戻りませぬか」

玉依姫は、真魚の顔をなでながら言った。

「母上、今は仏と共に生きる道を選びました。家に戻ることはできませぬ」

空海は、僧侶になった時の決意だった。

この神野池（かみのいけ）は後に嵯峨天皇が自分の諱（いみな）である神野親王と同じであったために、真野池に改名した。明治になって現在の地名の満濃池となる。

八二〇年（弘仁十一年）最澄は、比叡山天台宗で大乗戒壇を行いたい旨、朝廷へ勅許（ちょっきょ）した。勅許とは、天皇の許可を得ることである。

これに対し、奈良仏教界は反対し、その先頭に立ったのが護命（ごみょう）である。

護命は、法相宗の僧である。この時七十歳で大僧都の任にあった。

当時、戒壇を行えるのは、奈良東大寺と下野（しもつけ）（栃木）薬師寺、筑前（福岡）観世音寺の三か所のみであった。戒とは正式な僧侶になるために与えられた寺のことで、いわば免許資格が取れる寺である。これを小乗戒壇と言った。

これに対して、最澄は、すべての人が成仏できるための大乗戒壇を作るために朝廷に願い出たのである。その「顕戒論（けんかいろん）」に最澄は次のように書いている。

一切衆生皆有佛性
一切衆生戒
此戒最尊也
すべての人は成仏できる
この戒こそあらゆる人のための
最も尊いものです

顕戒論とは、最澄が大乗戒壇を比叡山で行いたい旨、朝廷に提出した嘆願書である。いわば、これまで国家にしか認められなかった僧侶の資格を民間でもやれるように願い出たのである。

奈良仏教は、これまで特権階級として認められた僧侶の階級が無くなることへの反発で、護命が猛反対する。

嵯峨天皇は、最澄の勅許に対し、奈良仏教の反対もあり板挟みになっていた。そこで空海の意見を聞くことにした。

「空海、最澄の申し出をいかに思うか」

「はい。これまでの仏教は国家のための仏教。それに伴い権力者としての僧侶がはびこる世となり、都を遷さねばならないことになりました」

「空海は、都を遷さなくとも良いと申したな」

「はい。それは、南都六宗と対抗する最澄の天台宗とこの空海の真言宗が新たな宗教を勃興したからに他なりませぬ」

「戒壇は、鑑真和上から受け継いでいるもの。今さら変えることもなかろう」

「戒壇は、六宗と同じく権力者の道具として使われております。そもそも宗教は、国家のみならず、大衆のために存在するもの。多くの僧侶は、頭を剃って欲を剃らず。衣を染めて心を染めずでございます」

「空海は、面白いことを言うのう。まさしく世情なり」

「天皇のお力でこの世を変えていかねばなりませぬ」

「では、最澄の申し出を許せというのか」

「大衆が仏に仕えれば、国は安定いたしまする。さらに僧侶が政（まつりごと）に口出しをしなくなり、国家の安寧にもつながります」

空海は、密教を広げるために最初は天皇、国家のために尽力してきたが、密教は本来、人々を救うために存在すると考えていた。

「しかし、護命が反対しておる」

嵯峨天皇は、護命の意見を無視する訳にはいかなかった。

「護命大僧都は、六宗をまとめるための代表にて反対をしているもの。密教も大乗戒壇と同じく、すべての人を助けるために存在いたします」

奈良仏教の固執した仏教は、国のためにあるという考えからの脱却を天皇に進言をした。空海は、最澄の考えに同意したのである。

最澄がこの大乗戒壇運動を続けて三年後に嵯峨天皇より許可された。

これにより、多くの人に天台宗や密教が普及することになる。しかし、この許可は最澄が亡くなった後の八二三年（弘仁十四年）であった。

空海は、高野山に戻った。この時、空海は四十七歳になった。

この年、八二一年（弘仁十二年）「この秋は雨が多く不作であるゆえ税を免じ、難民を救うべし」という勅命が嵯峨天皇から出された。

この文面は「日本後記」という藤原冬嗣（ふじわらのふゆつぐ）らが編集した歴史書に記載されている。

さらに「昨年、雷轟（とどろき）、世の不吉な兆しであろうから空海に鎮護国家のための灌頂道場を東大寺に建立させ、息災の修法を行わせるように」という嵯峨天皇からの勅令が発せられる。

この息災の修法とは、仏の力で災害や疫病を消滅させることである。

東大寺は南都を代表する官立の大寺院であり、諸国の国分寺の総本山である。

そこに灌頂道場を設置できるということは、空海の真言密教が国家によって認められたということになる。

「天皇が吾に東大寺で灌頂道場を開けと仰せになった。これは密教をこの世に知らせる一大行事となろう」

空海は、密教が南都六宗に並ぶ、いやそれを凌ぐ宗教になったことを実感した瞬間でもあった。

天皇の指示を受け、東大寺では早急に灌頂道場を設置した。

空海は、その出来たばかりの道場へ赴いた。その壇上には阿弥陀如来の本尊が安置され、護摩供養の火が焚かれていた。そこに空海は座り手で印を結び、真言を唱えた。

空海の後ろには、東大寺の多くの僧侶も従い真言を唱えた。

その光景は、十四代東大寺の別当に就任したときよりも、威厳に満ちた僧に空海が見えた。

空海は、二か月の間、護摩供養を行った。その間、世の中は何もなかったように平穏だった。

ある日、平城上皇より真言密教の灌頂を行いたいという申し出があった。

平城上皇は、嵯峨天皇と兄弟争いをし、弟の嵯峨天皇に鎮圧された「薬子の変」の首謀者である。今は剃髪して仏門に入っていた。

「上皇さまも、この空海の真言密教を信じて灌頂を行いたいという申し出があった。これは密教が他の宗教よりもいかに優れた宗教か示したことに他ならない」

空海は、弟子たちを前に言った。

「嵯峨天皇と平城上皇が密教に帰依すれば、これほど強力な宗教はありませぬ」

泰範は、天台宗の最澄と袂を分けたことが間違いではなかったと確信して言った。

「そうじゃ。この真言密教は、この先何千年もの間、この世に栄える宗教になるであろう」

空海には、そうした自信がみなぎっていた。

灌頂とは、阿闍梨から法を受ける儀式のことである。その灌頂を受ける前に三昧耶戒という灌頂を受ける前の儀式がある。これはこれから密教を学ぶための資格を与えるという「密教独自の戒律」である。天皇といえども、この手順を踏ませるのが空海である。この三昧耶戒の真言はすべて梵字（サンスクリット語）から来ている。「オンサンマヤサトバン」という真言を唱える。これには、してはならない戒律がある。それを守ることで密教の灌頂を受けることができる。

平城天皇は、その戒律を守ることを約束し、空海より頭から水をかける儀式に臨み正式に密教徒となった。


この頃、天台宗の最澄は床に臥していた。空海が平城上皇に灌頂を行ったのを聞いて
「空海めが……」

そう一言呟いた。

最澄は絶好調のときは桓武天皇の厚い庇護を受けながら、仏教界の頂点へと上り詰めた。しかし、いまは空海が天皇の庇護を受け、仏教界の頂点へと上りつつある。最澄は自分の命がまもなく絶えることを悟り、密教で空海への後塵（こうじん）を拝した無念さを思った。その思いが「空海めが……」という言葉になった。

そして二か月後、八二二年（弘仁十三年）六月四日、最澄が入滅した。

五十六歳の生涯であった。最澄の死で、仏教に代わる平安仏教の担い手は空海一人

だけになった。最澄の死後、比叡山の一乗止観院は、朝廷により平安京を守護する寺院として延暦（えんりゃくじ）寺の寺号を賜り、初代座主に義真（ぎしん）がなった。

第九章　終焉（しゅうえん）

一

最澄が亡くなって一年が過ぎた。空海は、高野山で真言密教の教えを説く書を書いていた。それは広く民衆に知ってもらうための書である。さらに弟子のための書も書いていた。真言密教の教義のために最初に書きあげたのが「即身成仏義（そくしんじょうぶつぎ）」である。

即身成仏とは、生まれた現在のまま成仏できるという教えである。

これまでの宗教は、三劫成仏（さんごうじょうぶつ）といって、厳しい修行の中でやっと成仏、すなわち悟りを啓けるというものだった。空海の即身成仏は、僧侶のような修行をしなくても真言を唱えれば悟りを啓けるという教えに、民衆が広く信仰するようになっていった。

その頃、朝廷より空海の所に使者がやって来た。

「昨年は、平城上皇が灌頂を受けられ、たいそうお喜びになっておられた。空海大師には御礼申しあげると、嵯峨天皇が言われておった」

「嵯峨天皇は兄の謀反にも関わらず、寛大な御仏の心で上皇を許された。まことに大日如来のごとくお人である」

「今日、こちらに来たのは天皇よりの書を預かって参った」

使者はそう言うと、空海に書面を渡した。

空海は、使者の前で、その書面を開いた。そこには京の都の東寺を空海に下賜するという言葉が書いてあった。

「なんと、吾に東寺を下賜すると……」

「さよう。都には東寺と西寺がある。どちらも官寺であるが、西寺には僧綱所（そうごうしょ）が設けられ整備が進んだが、東寺はまだ進んでおらぬ」

東寺と西寺は、鴻臚館（こうろかん）と呼ばれ、大陸からの賓客を宿泊させる寺として建てられた。

僧綱所とは、諸大寺の管理や運営にあたる僧の役所である。

「それで吾に西寺と同じようにせよと」

「いや、そうではない。天皇は、都でも密教を普及させてほしいと願っている。そこで、東寺を空海大師に下賜され真言密教の根本道場にと仰せじゃ」

「では、吾の密教を普及させよと」

空海は、すでに弟子の泰範や実慧に高野山の実務はやらせている。

空海は、いまこそ真言密教を真言宗として確立させるためにも、東寺を利用しようと考えた。

東寺は、七九六年（延暦十五年）の創建で平安京鎮護のための官寺として建てられた。平安京の中央を南北に走る朱雀大路のいちばん南端にある羅城門（羅生門）の東にあたる。西には西寺がある。当時、桓武天皇は南都六宗の仏教の勢力から距離を置くために遷都を決意し、平安京の中に寺を建てずに、東と西の端に寺を建てたのが、東寺と西寺である。

そうした由緒ある東寺を空海は手に入れたことになる。都に真言宗の起点ができれば、多くの僧侶や民衆を惹きつける場所となる。

「この空海、即座に東寺に入り嵯峨天皇のご意向に従うとお伝えくだされ」

空海は、使者に向かって言った。

空海が東寺に入ったのは、八二三年（弘仁十四年）空海四十九歳の時であった。当時は、東寺の建物は本堂だけで、殺風景な佇まいであった。

空海と共に弟子の実慧も同行していた。

「西寺に比べて随分と廃れた寺でございますな」

実慧は、建物がほとんどない広大な敷地を見て言った。

「そうよな。天皇はこの東寺の発展を吾に託したのであろう」

空海もまた、構内を歩きながらそう思った。

空海は、堂塔（仏堂、仏塔）を整え、東寺を高野山と同様に曼荼羅の配置にしようと考えた。東寺はもともと官寺である。その官寺には長者という役職がある。いわば寺の管理者である。その東寺長者に空海がなるという事は、官費を使い東寺を真言宗の総本山に出来る。あえて東寺を嵯峨天皇が下賜されたのは、真言密教を世に普及させるためのものと空海は思った。

空海は、即座に天皇に対して塔堂の建立を願い出た。さらに僧侶の集まれる講堂を本堂の後ろに建てるための請願書も出した。それらの経費はすべて官費である。それらが認められ建物が建つまでに時間がかかる。空海はその間、密教の普及をいかに発展させていくか思案していた。その結果、東寺では他宗派の僧の雑住（混在して住むこと）を禁止することを朝廷に願い出た。

朝廷は驚いた。延暦寺でさえなかった前代未聞の出来事だったからである。

密教は人々に受け入れやすい宗教であるが、「理趣釈経」のように、男女間の性的快楽を肯定した書物を、最澄が借りに来たときは断った。それは、学問は書のみから取得するものではないからである。書は誤解を招く。

この東寺においても他の宗派の人々と暮らせば、空海が説く密教の本流を真に教えることが出来ないと考えた。

空海は、南都六宗や天台宗からも反対の抗議を受ける覚悟をしていた。

その抗議の先鋒になったのは、天台宗の座主義真だった。

「この度の空海の発言には、これまで培ってきた我々への挑戦でもある」

義真は、南都六宗の住職が集まった場でこう発言した。

「確かに空海の発言は、宗教というものを、各宗派の対立を促している行為のようにも思える」

他の宗派の一人が同調するように発言した。

「皆さんは密教という宗教をご存知か」

東大寺の十七代別当の永念（えいねん）が辺りを見渡しながら、そして発言を続けた。

「密教には、男と女人の難しい問題が存在する。それは性に関するものだ」

「そんなふしだらな問題があるのか」

「ふしだらではない。人間としての本質の問題である。みなさんの宗教は僧侶が女人と交わることを禁じておろう。しかし密教は禁じてはいない。天台密教の義真座主なら分かろう」

義真の方に顔を向けた。

「最澄座主が空海に『理趣釈経』の借用を願い出た時に空海に断られた経緯があった」

義真は、思い出すように言った。

「それは、空海が意地悪くしたわけではない。男女の問題があったから、誤解を招く恐れを感じたからだ」

「その男と女人の関係というのは、交わりのことか」

一人の住職が発言した。

「その通りである。それゆえ空海どのは、他の宗教と分けたかったのだろう」

永念は、また辺りを見渡した。

「密教とは、仏教を冒とくするもの。許しがたい」

律宗の僧侶が声を上げた。

「そうだ」

この発言に賛成する者が多くいた。

「多くの宗教は仏に仕え、修行して仏に近づくことを主とするが、密教は、そうではない。空海どのが唱える即身成仏というものがある」

「即身成仏となﾞ」

「さよう。三密と言って、身密、意密、口密の三行で、手で契印を結び、口で真言を唱え、心を仏の境地に置くことによって即身成仏できると唱えておる。それが密教である。これまでにない新しい宗教だ」

東大寺別当の永念は、他の宗派の人たちの前で言った。

「では、空海が言われる雑住の禁止は仕方ないと」

天台宗の座主の義真が言った。

「それぞれの宗派のやり方がある。仕方あるまい」

東大寺の別当にそう言われると、他の宗派の人たちも従わざるを得なくなって、空海への批判は消えて言った。

嵯峨天皇はこの年、天皇の位を桓武天皇の第七皇子の大伴親王に譲位し、淳和天皇と称させ、自らは太上天皇と名乗った。嵯峨天皇三十七歳、淳名天皇三十七歳で即位。この二人は、同じ歳で、桓武天皇の腹違いの子である。

翌八二四年、嵯峨天皇の実兄で空海に灌頂を受けた平城上皇が崩御した。年号も弘仁十五年から天長元年に変わった。

平城上皇は五十一歳の生涯であった。平城上皇が崩御したこの年は日照りが続き、人々は上皇の怨霊の祟りではないかと怯えた。

平城上皇と淳和天皇はもともと反りが合わなかったことから、新たに天皇になった淳和天皇は、東寺の空海と西寺の守敏を御所に呼んだ。

「空海よ、そして守敏よ。存じておろうが、いま世の人々は旱魃で疲弊しておる。二人の力で人々を救ってくれぬか」

「この守敏。天皇、民のために必ずや雨を降らせましょう」

守敏は、力強く言って空海を横目で見た。

この守敏は、大安寺の勤操に三論を学び、真言密教にも通じ、嵯峨天皇から空海は東寺を、西寺を守敏に下賜されたほどの人物でもある。空海には、ライバル意識が強かった。

当時は、災害や疫病などが起こると天皇の政治が悪いからだという風潮があった。空海より十歳以上若い天皇は、そのことを恐れていた。

「この空海、国家の鎮護と天皇家のために祈り、またこの旱魃を終息させましょう」

「二人の神通力に期待しておる。守敏よ、七日間の雨乞いをするが良い。そのあと空海が七日間雨乞いの祈禱をするが良い。二人の力で何とか雨を降らせてほしい」

淳和天皇は、この二人の仲が悪いことを知りつつ競わせることを考えた。

最初に守敏が西寺で祈雨の修法を七日間行うが、雨は一滴も降らなかった。続いて空海が東寺で祈雨の修法を行ったが、やはり雨が一滴も降らなかった。

空海は、守敏に負けるわけにはいかないと考え、天皇に申し入れた。

「お願いがございます」

「願いとな、申してみろ」

「はい。神泉苑（しんせんえん）で祈雨を行いたいと思います」

「神泉苑で……」

神泉苑は、七九四年（延暦十三年）平安京が遷都したと同時に造営された禁苑である。禁苑とは天皇のための庭園のことである。平安京の大内裏（だいだいり）の南にある庭園である。

「神泉苑は、天皇の池。そこに天竺から雨を降らせる龍神を呼びたく思います」

「そうすれば雨が降るのか」

「はい。善如龍神にございます」

「あい分かった。されどこれが最後の機会である」

空海は、天皇の許しを得て、神泉苑に祭壇を設け、密教の真髄である真言を唱えた。三日ほど雨乞いをしたが、雨は降らなかった。空海は焦った。このまま雨を降らせることが出来なければ、密教の信頼も失う。

「雨はまだか」

天皇も苛立ち、空海の所にやって来た。

「天皇に申し上げます。龍神が飛ぶのを妨げている呪術が見えまする」

「そんなことがあるのか」

「はい。どうも守敏が邪魔をしているみたいです」

「守敏が、なぜそんなことをするのか」

「それは、この空海に恨みを持つからです」

「予の願いを邪魔していると言うのか」

「はい」

空海は、西寺を追い落とす目的があった。それは都で東寺が唯一の寺であることを示す必要があった。

「雨乞いの前に、その呪縛を解かねばなりません。少しの時間が必要です」

そう言って、空海は、真言を唱え、右手に持っていた三鈷杵（さんこしょ）を神泉池に向かって投げつけた。すると静かな水面が急に泡立ち、空は瞬く間に雲に覆われて、天から大粒の雨が降ってきた。

「なんと！」

その現象を見ていた淳和天皇は、空海の奇跡を目の前にして驚いた。

この様子を空海は、六十二歳で亡くなる六日前に書き上げた「御遺告（ごゆいごう）」で次のように述べている。

―勅願によって神泉池のほとりで善如龍王を勧請して雨を祈ったところ、霊験が明らかになった。……この池の中に龍王が住み善如と呼んだ。善如龍王の姿は、金色で長さは八寸ほどの蛇である。この金色の蛇は、長さが九尺ばかりの大蛇の頭頂に居住していた。この蛇の実際の姿を見ることが出来たのは、実慧大徳はじめ真済、真雅、堅慧、真暁、真然などで、他の弟子は見ることができなかった―

のちにこの神泉池は、どんな日照りの日でも池の水は涸れることがなかった。この神泉池は雨乞いの道場となる。

この出来事があってから、淳和天皇は空海を頼りにするようになり、空海は少僧都に任ぜられた。僧侶の四階位の一つである。

八二五年（天長二年）二月、高野山から東寺にいる空海のもとに悲報が届いた。空海の弟子の智泉が倒れたという。

　空海は、急いで高野山に向かった。思えば智泉が九歳の時、空海が東大寺で僧侶になるための授戒を受けていた時に上京した。そして東大寺に入った。唐から帰国してからは、空海の世話役となり尽くしてくれた。僧侶として能力も優れたものがあり、空海も期待していた。まだ三十七歳と若い。なぜ倒れたのか不安を抱きながら高野山への道を急いだ。

「あっ！　阿闍梨」

　空海を見つけた泰範が叫んだ。

「して智泉は、如何いたした」

「それが……」

　泰範は、下を向き、涙をこらえているようだった。

　空海は、智泉がいる部屋へと行った。そこには大勢の僧侶が座っていた。

「智泉……智泉！」

　空海は、智泉の名を呼んだ。

　しかし智泉は、床に横になったまま返事をすることはなかった。

「哀れなるかな。哀れなるかな」

空海は、智泉の冷たくなった姿を見ながら呟いた。

空海は、智泉の死の追悼文を遺している。

哀れなるかな哀れなるかな哀中の哀なり。悲しいかな悲しいかな悲中の悲なり。

……この世の悲しみ驚きはすべて迷いが生み幻にすぎないといえども、あなたとの別れにわたしは涙を流さずにはいられない

空海は、智泉の供養を営み一段落した頃、高野山の建物の状況や信者の集まり具合を泰範に聞いた。

「仏堂は、まだ大日如来の像が出来ておりません。鎌倉仏師に急がせてはおりますが、あと半年ほどかかるでしょう。密教の教えは、いますべての国に広めるために、各国に僧が行っております」

泰範は、空海が不在の高野山を仕切っていた。

「毎日のお勤めは」

空海は、密教の教えを広く僧侶に浸透させるためには、毎日のお勤めの修行が欠かせないと信じていた。

「いま、僧侶は百人ほど修行に励んでおります。それにこの地域に住んでいる丹生一族が熱心な密教徒になりました。寄進も多くいただいており、助かっております」

「吾は、嵯峨天皇から下賜された都の東寺の再建に努めなければならぬ。それが出来たら、実慧に任せてまた高野山に戻る」

智泉の法要から二か月後、東寺の新しい講堂の建立の許可が朝廷よりおりた。

空海は、直ちに講堂の建設に着手し、それと同時に二十一尊の仏像曼荼羅の準備にもとりかかった。また。東寺での象徴となる五重塔の造営にも着手した。

空海の東寺での生活は、多忙を極めていた。


八二七年（天長四年）五月八日、空海の相談役であった大安寺の勤操が亡くなったという知らせが入った。

「なに！　亡くなったと……」

知らせてきたのは、大安寺の僧侶であった。

「残念でなりませせぬ」

「勤操僧都はいくつになられた」

「はい。ちょうど七十三歳でございます」

「さようか。生者必滅とは申せ、悲しいかな」

空海は、人の人生の儚さを思った。

「葬儀は大安寺にて執り行いますが、空海どのにも是非にとのことです」

「あい分かった」

空海は、勤操僧都に若い時に世話になったことを思い出していた。勤操僧がいなければ今の自分は存在していなかったかもしれないと思うほどだった。

勤操が亡くなったことで、大僧都に欠員ができ、その後任として五月二十八日、空海が大僧都に任命された。役所の中での最上位という位である。

勤操僧が亡くなって、わずか二十日後に、天皇より任命された。

更に四か月後の九月二十四日、空海は宮中に招かれた。

伊予親王の追善供養が行われることになり、その供養のために淳和天皇から招聘されたのである。

また、その二か月後の十一月、空海は南都六宗の中の法相宗きっての学問僧である護命を元興寺（がんこうじ）の法務（寺務を司る僧職）にすることを朝廷に願い出した。

護命とは、奈良から平安初期に活躍した僧侶で、日本における法相教学の大成者でもある。

護命は、最澄の大乗戒壇の勅許に反対していたが、許可されたことを不服として隠居していたのである。

空海は、護命という人物を高く評価していたので、仏教界に復帰させるために天皇に元興寺の法務にすることを願いでたのである。

護命は八一六年（弘仁七年）空海と同じ大僧都となり、八二六年（天長三年）には淳和天皇より西寺で桓武天皇追善供養の講師に招請されている。また八二七年（天長四年）には最高位の僧正に任ぜられている。

この時、護命は、七十七歳である。また空海は、護命の八十歳の祝いに詩文を送っているのである。

八二八年（天長五年）空海は、「綜藝種智院式并序（しゅげいしゅちいんしきならびにじょ）」という書を書きあげた。これは日本最初の私学校を設立した経緯と理念、規則を述べたものである。

空海は、これまで大学寮は貴族が、国学は郡司の子しか入れないのを、民衆も入れる学校を作ろうと考えた。教育も儒教を習うだけでなく、仏教、道教などの多くの学問を習うことのできる学校である。

空海は、東寺の隣にあった藤原三守（ふじわらのみもり）の土地、建物を寄進された屋敷跡に私学校を設立した。

この綜藝種智という言葉は、大日如来をよりどころとしている。あらゆる学問芸術はことごとく種智、すなわち法身（永遠の真理そのものとしての仏）である大日如来の智の現れである。そうした総合的な教育をしようと空海は考えた。

誰もが儒教、道教、仏教を学べ、しかも授業料は無料、そして学問に専念できるように全学生、教師に食料が給付された。まさに理想の教育であった。

しかしこの理想の学校は、空海の死後、十年足らずで廃絶してしまう。

現在の種智院大学がその名残と言って良い。

また、この年の十一月、空海は勤操がいた大安寺の別当に任じられた。

まさに、空海が二十代の頃、憧れていた大安寺でもあり、八百人の僧侶がいて、それも唐から天竺から高麗から日本にきた国際色豊かな寺院でもあった。

三十三年過ぎて、自分が大安寺の別当になるとは夢にも思っていなかった。

そして、八三〇年（天長七年）和気氏に高雄山寺を託された。

この数年間は多忙を極めた。その中でも、空海は、「秘密曼荼羅十住心論（ひみつまんだらじゅうじゅうしんろん）」「秘蔵（ひぞう）宝鑰（ほうやく）」などを書きあげている。

十住心論は、真言密教の体系を述べたもので十巻からなる。十住心論とは、十の住心（十の人間の心）があり、それを十段階に分けて説き明かしている。

そして各宗派、法相宗、三論宗、天台宗、華厳宗の心の在り方を説き、最後に密教が最上の宗教であると説く。

それを簡略化した書が秘蔵宝鑰である。それらの著作を空海は、朝廷に献上した。

二

東寺での多忙な生活は続いた。空海は、五十八歳になっていた。

高野山を嵯峨天皇から下賜されて、そこを密教の聖地にしようと考えてからすでに十五年の歳月が流れていた。この間、丹生都比売を祀る御社、密教の中心的な建物の金堂、講堂、そして山門などを建てた。また多くの僧侶の生活が出来るように寺の周りに多くの建物も建てた。だが、密教の象徴的な大塔は未完のままである。

八三二年（天長九年）空海は、東寺でのいろいろな行事を済ませて、後は実慧に任せて高野山に戻った。東寺を天皇から下賜されてから九年間、空海は京で過ごした。

空海は、高野山ですでに完成していた金堂で盛大な法会（ほうえ）（万燈万華会（まんとうまんげえ））を営んだ。

万燈万華とは、一万もの灯明、一万本の花を供えて伽藍の完成と衆生の悟りを祈願したことだ。原生林の闇の中に突如一万の灯明が灯る光景は神秘の世界というほかにない。

この時、空海は願文を書いている。

> 黒暗は生死の源、遍明は円寂の本なり……虚空尽き、衆生尽き、涅槃尽きなば、我が願も尽きなん（性霊集巻第八）

迷いの闇は生と死の源であり、あまねく照らす仏の光は、安らぎの境地のもととなる。……宇宙がなくならない限り、あらゆる人々がいなくならない限り、悟りの境地がなくならない限り、わたしの願いも尽きることはない。

「これからは、この高野で腰を据えて密教の普及に努めていく」

真済や他の弟子たちの前で、空海は決意を述べた。

これまで空海は、天皇との付き合いの中、密教を普及させるために努力してきた。

また、他の宗教ともなるべく対立しないように計らってきた。

社会的地位が上がる度、空海はその重責を負って忙しい日々を過ごしてきた。

そのおかげで、天台密教や南都六宗よりも、空海の真言密教が天皇はじめ多くの貴族の信頼を得てきた。

しかし、高野山での密教の理想の伽藍には、まだほど遠いものがあった。

この頃空海は、体調がすぐれない日々を暮らしていた。

空海は、残された命はそれほど長くはないことを感じていた。

八三三年（天長十年）二月、淳和天皇は譲位し、仁明天皇（嵯峨天皇の第二皇子）が即位した。この時、淳和天皇四十七歳、仁明天皇二十三歳である。

年号も承和元年となった。

空海も、先を考えると、自分の命もあと数年生きられるか分からない不安があった。

そこで、弟子たちを呼び、

「集まってもらったのは、ほかでもない。これからの高野山での真言密教を発展させていくためにも、ここらで吾は隠棲する」

「えっ！」

集まった弟子たちは、声にならない言葉を一斉に放った。

「では、阿闍梨、だれがこの密教を指導していくのですか」

「吾の考えは、この高野の金剛峯寺は真済に、東寺は実慧に、そして東大寺の灌頂道場は、真雅に任せようと思う」

「それは阿闍梨、この真済は身に余る光栄ですが、阿闍梨の後は務まりませぬ」

「真済よ。始めあれば終わりあり。生ある者は死あり、合会は離ることあり。良(まこと)に以(ゆえ)あるかなである」

「しかし、……」

「よいか、いずれこの肉体は滅びる。だが、吾の精神と真言密教が廃れることはない」

「阿闍梨は、どこか悪いのですか」

このような話をすることに不安になった真済は、空海の顔色を窺った。

「いや、いまのところは大丈夫である」

その言葉に、空海は言葉が足りなかったと感じた。

弟子たちを集め、こうして密教を引き継ぐ人たちがいる。五十九年の人生でやっと宗教らしき形となった。しかしまだやり残したものが多くある。

命が絶える時まで、全力で密教曼荼羅の世界を作ろうと考えていた。そして自分が考えた真言密教を後世に残せるよう、この高野山が聖地として栄えることを願っていた。

「阿闍梨、今日も多くの人たちが、阿闍梨の結縁灌頂を待っております」

弟子の一人の真如が、朝早くから空海に会うためにやって来た人々を見て言った。

この真如とは、平城天皇の第三皇子であった。高丘親王ともいう。平城天皇が薬子の変で、嵯峨天皇との争いに破れてから、皇位継承の地位を失い、空海の門下に入り真如と名を改めた。

「あい分かった」

空海は、一日中、多くの人々に密教とつながる結縁の儀式を行った。

この時の様子をこう記録している。

道俗（出家した人と在家の人）の男女、尊卑を論ぜず
灌頂に預かるもの、けだし万をもって救う

空海は、高野山に来ても忙しい日々が続いた。

「阿闍梨、恒例の御斎会を行う時期に来ております。今年は淳和天皇が仁明天皇に譲位されました」

御斎会とは、国家護持、五穀成就の祈願をする法会である。

「さようであるな。では上奏せねばな」

上奏とは、天皇に意見や事情などを申し述べることである。

空海は、上奏書を書いた。

「恒例の御斎会で顕教（密教以外の仏教）の僧たちが行う経典の解説は、本を見ながら病源を論じているようなもの。それでは病を治せない。病を治すには薬を調合して実際に服用させなければならない。それと同じように、顕教の僧らの解説だけの方法ではなく、真言密教僧の行う修法なら必ず威力を発揮する」

これに対し、仁明天皇は、この文を理解し暮れの二十九日に勅許された。

そして翌八三五年（承和二年）一月八日から十四日まで、宮中の修法道場で空海率いる真言密教僧十四人による修法が行われた。

のちに真言宗の最大の行事となる後七日御修法である。

仁明天皇から信頼を受けた空海は、この後、数日たって天皇に年分度者を三名置くことを請うと、翌日に許可される。この年分度者とは、朝廷により得度者の人数が決められていた。つまり、各宗派に一年間になれる官僧が決められていたわけである。

空海は、それを願い出たのである。

それをきっかけに、今度は朝廷から金剛峯寺を定額寺に列せられた。

定額寺とは、官寺に準じて特典を与えられ、経済的に援助されることになったのである。

「これでよし、これでよし」

空海は、高野山の金剛峯寺が、朝廷からお墨付きをもらったことを喜んだ。

だが、以前から体調がすぐれない空海は、ここにきて死期を感じ取っていた。

空海は、自分が死を受け入れる時、どう死ぬか決めていた。

それをいつ決行するかであった。その時期はいつか、今なのか、または三か月先か、一年先か、自分の身体と心の病が一体になった時とも考えていた。

高野山の大塔は、まだ完成していなかった。一階の部は四角い建物で、二階の部は円の形になっている建物である。これは大日如来を表している。

現存する墓は、すべて一番下は四角く次から丸い墓石となり、五つの層からなる五輪塔である。一番下の四角い石には、梵字でア（地輪）大地を示す。二段目は、丸い石でバ（水輪）心を表し、三段目の屋根形はラ（火輪）で強さを表す、四段目のカ（風輪）は五穀豊穣を表し、五段目のキャ（空輪）は天空を表す。

これらはすべて大日如来を表している姿なのである。

根本大塔が完成するのは、空海が亡くなってから五十年後である。

空海は、食事を取ると、胃がもたれ吐くようになった。自分の身に何か変化が起きていることは分かっていた。

それからは、次第に食事をする時間を一回だけにした。空海の身を心配していた真済は、空海の傍を離れなかった。

「阿闍梨……」

真済は、空海の名を呼んだ。

空海は、大日如来の仏像と対面するように座っていた。それは大日如来と会話しているふうでもあった。しばらくの間、真済は、空海のその姿を見つめていた。辺りの空気は静まり返っていた。

空海は目を開け、

「真済、これから吾の最後の言葉を皆に伝えたい。一同を講堂に集めてほしい」

「阿闍梨、最後の言葉とは？」

真済は、空海が死期を悟ったのだと感じ、涙が溢れてきた。

「阿闍梨、阿闍梨」

真済は空海の名を繰り返すだけだった。

翌日、講堂には百人を超す僧侶が集まった。

空海は、その人たちの顔を見つめながら、

「吾、ここに『御遺告（ごゆいごう）』を書きあげた」

空海は、自ら書いた書を皆の前で見せた。

「これは、真言宗の吾の遺言である。この遺告は書写し所持してはならぬ。自分の眼や肝を大切に守るように厳守しなければならぬ」

空海は、自分の書いた遺言は秘物として扱うよう伝えた。それは、密教と同じく、秘密の教えなのである。

この遺告書は二十五箇条からなる遺言である。

遺告諸弟子等
應勤護東寺真言家後世内外事
管合貳拾伍條状

冒頭の題目で始まる遺告書である。

最初の一条は、自らの生い立ちを語っている。そして都の大学に入ったこと、勤操僧に出会ったこと、さらに虚空蔵求聞持法を唱え、室戸崎で明星と出会ったことなどを語っている。

そして、唐に渡り、恵果阿闍梨から受け継いだこと。この遺告書は、空海の人生そのものすべてを語っているのである。その中でいかにして真言密教を確立していったかを述べている。

一条の最後に、

―今諸弟子等諦聴諦聴吾生期今幾仁等好住慎守教法吾永帰山吾擬人滅者今年三月二一日寅尅諦諸弟子等莫爲悲泣―

―まさに、諸々の弟子たちよ。よく聴くがよい。よく聴くがよい。吾の生涯はいくばくもない。そなたたちは正しく住し、身を慎んで仏の教えを守るがよい。吾は永遠に高野の山に帰ろうと思う。吾が入滅と定めたのは、三月二十一日の早朝寅の刻である。諸々の弟子たちよ、悲しんで泣いてはいけない―

また、最後の二十五箇条に空海はこう書き記している。

―そもそも思いめぐらしてみれば、むかし南天竺の国に一人の凶悪な婆羅門と一人の尊び崇められない者などがいて、密華園を破壊した……伝法の印契や真言などに凶悪な婆羅門の調伏する法をたやすく密教の器にふさわしくなく、そのうえ心が十分に練れていない者に授けるべきではない……だから密教の器にふさわしい人が出るのを待ち求め、密教を相承させる弟子を絶やさないようにすべきである。まさに次のことをよく心得ていくべきである。大阿闍梨の位を得ることはたやすいが、その職をまっとうすることは困難なことで、よく用心しなければならない。このようにして伝法の印契や真言を乱雑にすべきではない―右に述べた遺書を決して違失することのないようにそのために遺告する

承和二年三月十五日　　入唐求法沙門空海

上件遺告承法師等

法師　実恵（実慧）

法師　真済

法師　真雅

法師　真紹

法師　堅恵

法師　真暁

法師　真然

「吾は命が尽きようとしている。だが、肉体は滅びても、吾の教えた密教はこうして皆の心に宿って消えることはない」

「阿闍梨！」

空海のこの言葉を聞いた僧侶が一斉に空海の名を呼んだ。

「始めあれば終わりあり。生ある者は死あり」

この言葉を聞いて集まった僧侶は静かになった。

「吾は、これから永遠の禅定に入る」

空海は、腹を決めていた。これから一切の食物を絶って祈りの世界に入る。そしてそのまま即身成仏することにあった。

それを聞いていた僧侶たちには俯いて涙する者もいて、重苦しい空気が漂っていた。

「阿闍梨、この真済、密教を命に懸けて守り抜きます」

真済は空海の前に出て手を握りしめた。

「真済よ。よくついてきてくれた。後を頼む」

空海は、礼を言った。

「よく聞け、吾はこれから五十六億七千万年後に弥勒菩薩とともに再び現れる」

この言葉を聞いた僧侶たちは、空海は仏になったと思った。

空海は、法堂に籠り真言を一日中唱えた。六日後の死を迎えるために、不眠不休で大日如来に向かって合掌して真言を唱えた。もう眠ることはなかった。

この世の最後の数日を、即身成仏するための祈りである。唐の恵果阿闍梨から伝法を受けてから三十年間、空海は日本に密教を広げるため、命を懸けた人生だった。ただ、次の阿闍梨の後継者を決められなかった無念さは残った。

強いて言えば、弟子たちに次の時代を託したことだけは確かだった。

この弟子たちが、これから先、千年も万年も続く礎を築いてくれるだろうと、空海は思った。

空海は、大日如来に向かい合い、目をつぶり真言を唱えていると、母や父の顔が浮かんだ。また母の兄の阿刀大足、大安寺の僧、勤操など、人生でかかわってきた人たちの顔が走馬灯のように甦った。

空海が、法堂で一日中真言を唱えている時、法堂の周りには、弟子たちや多くの民衆までもが、噂を聞きつけ集まり真言を唱え、山林にその声が大きく響いていた。空海にとってこの瞬間は人生で一番充実した日だった。

大日如来と一体になる。若い時、室戸崎で真言を百万回唱え、明けの明星が現れた時のように、今度は大日如来が姿を現す。そう思うと死など怖くはなかった。むしろ、待ち遠しい気持ちになっていた。

「吾は、滅びるのではない。新しい命を宿すのだ」空海は、心の中で叫んだ。

空海は、それから六日後、高野山の山深くに入って行った。

「これから先は何人も入ってはならない聖域となる。吾が肉体を確かめてもならぬ。吾は生きて、永遠の禅定に入る」

空海は、そう言って見送ってきた弟子たちを見て、別れの挨拶をするように合掌し頭を下げた。

八三五年（承和二年）三月二十一日、六十二歳になった空海は、朝霧が立ち込める山道をゆっくりと、あたかも空海が歩いてきた人生の道をかみしめるように山深く歩いて行った。

「吾、永遠に高野の山に帰る」空海は、心の中で呟いた。

多くの弟子たちは、空海の後ろ姿を見送りながら静かに真言を唱え合掌した。山には哀惜の声が木霊していた。

参考文献および引用元（順不同）

『図説　真言密教がわかる！空海と高野山』中村本然　青春出版社　二〇一二年
『空海の風景（上・下）』司馬遼太郎　中央公論新社　二〇一九年
『あなたの知らない空海と真言宗』山折哲雄　洋泉社　二〇一三年
『空海と密教』ひろさちや　祥伝社　二〇一五年
『眠れないほどおもしろい「密教」の謎』並木伸一朗　三笠書房　二〇二〇年
『高野山　超人・空海の謎』百瀬明治　祥伝社　一九九九年
『「空海の風景」を旅する』ＮＨＫ取材班　中央公論新社　二〇〇二年
『最澄と空海』梅原猛　小学館　二〇〇五年
『空海と唐と三人の天皇』小林惠子　祥伝社　二〇一五年
『教養として知っておきたい空海の真実』池口豪泉　ＫＫロングセラーズ　二〇一九年
『空海　生涯と思想』宮坂宥勝　筑摩書房　二〇〇三年
『眠れないほど面白い空海の生涯』由良弥生　三笠書房　二〇一九年

『三教指帰　空海』加藤純隆、加藤精一訳　KADOKAWA　二〇〇七年
『空海　真言密教の扉を開いた傑僧』別冊太陽編集部　平凡社　二〇一一年
別冊宝島『空海　風信帖の謎』静慈円／今井浄円　宝島社　二〇一五年
KUKAI『空海密教の宇宙』第3号　高野山真言宗　総本山金剛峯寺　二〇二〇年
『最澄と空海　日本仏教思想の誕生』立川武蔵　KADOKAWA　二〇一六年
『空海　還源への歩み』高木訷元　春秋社　二〇一九年
『空海』高村薫　新潮社　二〇一五年
時空旅人『高野山の誕生』　三栄　二〇二〇年
別冊宝島『図解　比叡山のすべて』比叡山延暦寺　宝島社　二〇一四年
『華厳の思想』鎌田茂雄　講談社　二〇二〇年
『密教経典』宮坂宥勝　講談社　二〇一一年
『遣唐使船　東アジアのなかで』東野治之　朝日新聞社　一九九九年
『全訳　易経』田中佩刀　明徳出版社　二〇一六年
『弘法大師を歩く』近藤堯寛　宝島社　二〇一三年

『春秋左氏伝（中国の古典）』安本博　ＫＡＤＯＫＡＷＡ　二〇一二年
『空海入門―弘仁のモダニスト』竹内信夫　筑摩書房　一九九七年
『空海はいかにして空海となったか』武内孝善　ＫＡＤＯＫＡＷＡ　二〇一五年
『空海の人生と思想』宮坂宥勝　梅原猛　金岡秀友　春秋社　一九八一年
『大宇宙に生きる』松長有慶　中央公論新社　一九九九年
『空海の道』永坂嘉光／静慈円　新潮社　二〇〇四年
『遣唐使全航海』上田雄　草思社　二〇〇六年
『空海と最澄の手紙』高木訷元　法藏館　一九九九年

あとがき

この本は、すでに出版していた『空海―永遠の禅定―』の改訂である。改訂といっても、文章を改めたりした訳ではない。空海の物語として、もう少し肉付けをしたのである。副題の「吾、永遠に高野の山に帰る」は、空海が亡くなる六日前に書いた遺言書で次のように記している―吾永帰山―から引用した。

玉依姫は、天竺から高僧が夢の中に出てきて、自分の懐に入ってきた夢を見て懐妊したという。また空海は子供の頃、自分の運を試すために崖から身を投げたら、天女が現れ、自分を救ってくれた。また地面を杖でたたいたら温泉が出てきた等、空海の奇跡は尽きない。

そうした逸話に残るいろいろな奇跡は、まさにキリストのようでもある。

小説では、実在した人間空海として神ではない人物像として捉えた。

空海の幼名は真魚である。今の時代と違って変な名前が多い。空海の兄弟は、鈴伎麻呂、酒麻呂である。当時は麻呂という字が流行った。しかし、空海だけが真魚である。空海を描くにあたって最初の疑問であった。

小説では、無理に真魚の字の由来を書いたが、藤原魚名という人物は確かに実在したし、天皇を助けた人物でもある。その点、空海も同じである。

空海は、中国語も堪能だった。また書も優れていた。それも日本にいながら中国語が完璧に出来たのである。なぜ中国語が出来たのか、学者の間では、遣唐使船で行く前に唐にひそかに渡っていたのではないかという説も出ている。

しかし、この時代、簡単に唐に渡ることは無理である。

そうした超人は、凡人が頭で考えても所詮無理なのである。

空海が、中国語を完璧にできたのは、それは誰かの生まれ変わりではないかと、霊の世界の話になるのである。

この時代、「天才」という言葉があったかどうかわからないので、小説の中では、「仏の化身」という言葉で表現した。

空海は、豪族の家に生まれ、この時代では裕福な家庭であり、母の兄は天皇の息子の講師にまでなっている。そうした環境の中で身分という階級に嫌気をさし、僧侶の道に進むことになる。

奈良から平安時代は、唐から鑑真和尚が来日し、仏教が盛んになった時代でもある。空海と同じ時期に生きた最澄も優れた僧侶である。あれから千二百年も経っているが、最澄が灯した「不滅の法灯」の火は、絶えることなく今日も延暦寺で灯し続けている。さらに、空海に至っては、まだ生きて禅定していると信じられて毎日二回食事を与えているのである。

今は隆盛を誇る高野山だが、一時、建物がほとんど焼失し、僧侶が誰もいなくなるという悲惨な時代もあった。

しかし、源頼朝の妻の北条政子が高野山の根本中堂を再建し、また多くの武将がこの高野山をめざし再建しているのである。

現在、歴史に残る武将たち、足利義満、織田信長、豊臣秀吉、明智光秀、北条早雲、真田幸村などの墓があり、二十万基とも言われる墓石が立っているのである。

高野山は、まさに聖域である。

また、延暦寺から育った、日蓮、法然、親鸞、道元、栄西など、いまでもお寺で多くの人々と接しているのである。

日本人は、無宗教といわれるが、お寺は全国に何万とあるし、お盆には多くの日本人が墓参りをする。しかし、自分のお寺が何宗か、あるいは誰が開いた宗派なのか、わからない人も多いのは確かだ。

だが、千二百年も脈々と伝わってきているのは、無意識にしろ日本人のＤＮＡに由来するものではなかろうか。また、天皇家にしても、民を思い国家の安寧を祈願し、八百万の神々を信仰してきたからこそ、今日まで生き続けた。

そうした日本人の無意識の信仰というか道徳心があるから長く続くのであろう。また、空海が入滅するとき「五十六億七千万年後に、弥勒菩薩と共に現れる」と、本当に言ったなら、まさにこの頃は、地球や太陽の寿命が尽き、爆発して大きな火溜まりが宇宙に舞い上がる時でもある。

虚空尽き　衆生尽き　涅槃尽きなば　我が願も尽きなん

宇宙がなくなり、人間は誰もいなくなり、悟りもなくなってしまうまで、わたしの願いは尽きることがない。

空海のこの言葉は、まさに神の領域である。

久住　泰正

著者プロフィール

久住 泰正（くすみ やすまさ）

仙台市在住。一般社団法人日欧宮殿芸術協会会員。

著書：『観阿弥と世阿弥－千年の舞－』『雪舟－孤高の画僧－』『俵屋宗達－名利を求めず－』『一休宗純－風狂の禅僧』（いずれもミヤオビパブリッシング刊）
『空海－永遠の禅定－』（牧歌舎刊）

空海 —吾（われ）、永遠（とわ）に高野（こうや）の山に帰る—

2024年１月15日　初版第１刷発行

著　者　久住 泰正
発行者　瓜谷 綱延
発行所　株式会社文芸社
〒160-0022　東京都新宿区新宿1－10－1
電話　03-5369-3060（代表）
03-5369-2299（販売）

印刷所　株式会社暁印刷

ISBN978-4-286-30046-7